사라져 가는 풍경들

사라져 가는 풍경들

초판 1쇄 2021년 1월 11일

지은이 이용한

발행인 유철상
편집 박다정, 정예슬, 정유진
디자인 여혜영
교정 · 교열 이유나
마케팅 조종삼, 윤소담

펴낸곳 상상출판
출판등록 2009년 9월 22일(제305-2010-02호)
주소 서울시 동대문구 왕산로 28길 39 1층(용두동, 상상출판 빌딩)
전화 02-963-9891
팩스 02-963-9892
전자우편 sangsang9892@gmail.com
홈페이지 www.esangsang.co.kr
블로그 blog.naver.com/sangsang_pub
인쇄 다라니
종이 ㈜월드페이퍼

ISBN 979-11-90938-31-0(03810)

※ 이 도서의 국립중앙도서관 출판예정도서목록(CIP)은 서지정보유통지원시스템 홈페이지
(http://seoji.nl.go.kr)와 국가자료종합목록시스템(http://www.nl.go.kr/kolisnet)에서
이용하실 수 있습니다. (CIP제어번호 : CIP2020044085)

사라져 가는 풍경들

이용한 지음

상상출판

서문

세월은 종종 과거를 미화시킨다. 좋을 것도 없으면서 많은 이들이 "그때가 좋았지." 라고 털어놓는다. 어른이 되면서 우리는 시계를 갖게 되었지만, 어릴 때는 시간을 갖고 있었다. 그때는 어딘가를 꼭 가야 할 필요도 없었고, 누군가를 꼭 만나지 않아도 되었다. 뱃속에서 꼬르륵 소리가 났어도 지금처럼 힘들고 외롭지는 않았다.

물론 그 옛날로 돌아가 불편한 생활을 하고 싶은 사람은 없을 것이다. 이 스마트한 세상에 사라져 가는 것들을 이야기한다는 것이 어쩌면 시대착오적인 것일지도 모른다. 꼰대처럼 듣기 싫은 "나 때는 말이야!"를 반복하는 것일지도. 하지만 이 구구절절한 이야기들은 그것을 그리워하거나 찬양하려는 것이 아니다. 지금은 사라져 버렸지만, 그것이 사라져서는 안 된다고 말하는 것이 얼마나 부질 없는 짓인가. 내가 지켜 갈 것도 아니면서 누군가가 지켜주기를 바라는 것 또한 얼마나 허망한 희망인가.

사실 이 세계는 무수한 사라짐 속에서 구축된 것이다. 그러므로 우리 주변에 엄연히 존재했던 그것들은 그 자체로 의미가 있는 것들이다. 내가 목도한 숱한 풍경이 시간의 무덤에 묻히기 전에 이렇게 기억의 창고에 하나씩 저장해 두는 것도 나쁘지 않을 것이다. 다른 이유는 없다. 늘 그랬듯 우리는 시간 앞에서 슬퍼할 겨를이 없다.

2020 겨울에
이용한

차례

2 그 밖의 풍경들

3

명맥을 잇는 사람들

4 마을문화

1
옛집 풍경

누르께한 갓난아기
똥색 옷 해 입은 초가

1998년 영광군 효동마을이란 곳에서 그림 같은 초가를 만난 적이 있다. 앞으로는 다랑논의 굴곡이 멋들어지게 휘어져 나가고, 뒤로는 위압적이지 않은 산자락이 부드럽게 흐르는 가운데 세 칸짜리 본채와 단출한 헛간채가 굽은 자 모양으로 앉아 있는 집이었다. 지붕에는 그물처럼 얼기설기 집줄을 매어 놓아 마치 안채와 헛간채의 지붕이 단정하게 상고머리를 한 듯한 그런 집이었다. 하지만 2년 후 다시 그곳을 찾았을 때 그 멋진 초가는 온데간데 없었다. 어쩌면 이것이 초가의 숙명이었을 것이다. 보성군 석간마을의 초가도, 도초도의 그 많던 초가도 그렇게 사라지고 말았다. 초가라는 것은 이제 민속마을이나 전통마을이 아니면 만날 수 없는 그런

집이 되었다.

사실 초가는 1960년대까지만 해도 우리에겐 가장 보편적인 집이었다. 있는 사람들의 집이 기와집이었던 것에 반해 초가는 평범하고 가난한 사람들의 집이었다. 그러므로 우리네 주거문화를 대표하는 것은 기와문화가 아니라 초가문화이다. 초가문화는 한마디로 자연을 거스르지 않으려는 자연친화적인 문화요, 사치하지 않고 욕심부리지 않는 소박한 문화요, 기와집처럼 권위를 내세우지 않는 평등의 문화요, 1~2년에 한 번씩 지붕을 갈아주어야 하는 부지런함의 문화였다. 불에 약하고 썩기 쉬운 단점이 있었음에도 불구하고 초가가 그토록 서민들로부터 사랑받았던 비결은 우선 재료를 구하기 쉬웠기 때문이다.

볏짚은 가볍기도 하거니와 단열(볏짚 속의 구멍이 천연 단열재 노릇을 한다) 및 보온성이 뛰어나 사계절이 뚜렷한 이 땅의 기후에 잘 맞아떨어지는 재료였다. 이제 막 개초(이엉을 새로 해 입히는 일)를 끝낸 초가지붕은 누르께한 갓난아기 똥색 옷을 해 입은 것처럼 윤기까지 자르르 흘렀다. 초가지붕에는 보통 예닐곱 층의 이엉(지붕에 올리도록 엮은 짚 묶음)이 겹치게 마련이었는데, 1년에 한 번씩 지붕을 교체할 때면 맨 위의 한두 층만 걷어 내고 새 이엉을 얹는 것이 일반적인 방법이었다. 개초는 바로 이 이엉마름을 둘둘 굴리고 펴서 지붕을 덮는

©심병우

'오막살이', '초가삼간'이란 말처럼 초가는 결코 화려하지 않았다.
재료는 그저 주변에 널린 흙과 나무와 짚이면 되었다.

일을 말하는 것이다.

'오막살이', '초가삼간'이란 말처럼 초가는 결코 화려하지 않았다. 집을 지을 때조차 여러 명의 목수가 달라붙는 기와집처럼 시끌벅적, 요란하지도 않았다. 재료는 그저 주변에 널린 흙과 나무와 짚이면 되었다. 우리 민족에게 짚이란 생명 또는 신격이나 다름없었는데 아이를 낳았을 때 짚으로 금줄을 내거는 것도 이와 무관하지 않았다. 그리고 사람이 죽었을 때에도 마지막 가는 길에 짚신을 놓았다. 심지어 새로 담은 장에도 짚을 둘렀고, 악귀와 질병, 액을 막을 때에도 어김없이 볏짚으로 만든 금줄을 둘렀다. 그만큼 짚을 신성하게 여겼던 것은 아마도 그것이 쌀을 생산하고 남은 부산물이라는 점 때문일 터이다.

초가는 바로 그 신성함을 지붕에 올림으로써 하늘을 표현했던 셈이다. 그것도 모나지 않고 둥글둥글 맘씨 좋은 평등한 하늘을. 그러나 1970년대 들어 '초가집도 없애고'라는 노래와 함께 출발한 새마을운동이 초가지붕을 함석과 슬레이트로 전면 교체하고 나서면서 초가문화는 뿌리째 뽑히기 시작했다. 초가를 없애면서 서민의 주거문화, 세시풍속과 생활문화 또한 함께 사라지기 시작했다. 이제 민속마을이나 박물관에 전시된 초가를 제외하면 사실상 살림집으로서의 초가는 이 땅에 거의 남지 않았다고 해도 지나친 말이 아닐 것이다.

산세가 험하면 물매도 싸다, 샛집

인제 용대리, 창녕 술정리, 무주 미천리, 남원 덕치리 등에서 샛집을 만난 적이 있다. 샛집은 초가와 비슷하지만 지붕에 볏짚 대신 억새를 올린 집을 일컫는다. 과거에는 갈대나 띠풀로 지붕을 올린 갈집과 띠집, 삼대麻를 잘라 지붕에 올린 겨릅집 그리고 산에서 나는 산죽으로 지붕을 이은 죽실집도 있었으나, 현재 남아 있는 집은 모두 샛집뿐이다. 제주도에서는 이 샛집을 일러 '띠집'이라 부르기도 하는데, 여기서 '띠'라고 부르는 것이 사실은 뭍에서의 억새를 가리킨다고 한다. 제주도에서는 지붕의 재료를 구하기 위해 한라산 중산간이나 오름에 올라 억새를 베어 왔으며 따로 '새왓'이라 하여 억새밭을 일부러 가꾸기도 하였다.

샛집은 도심의 닭장 같은 집하고는 그 근본이 다른 집이다. 대부분이 벼농사를 짓지 않는 두메마을이나 비바람이 심한 산간지대에 자리한 탓에 샛집은 산중 자연의 표정을 고스란히 닮아 있다. 산에서 나는 억새풀을 베어다 덧덮은 지붕은, 그 물매(지붕의 경사)의 모양이 산자락과도 잘 어울렸다. 우리네 옛집은 묘하게도 지붕의 물매가 그 고을의 산세를 닮는 것이 보통이었다. 산세가 높고 험하면 물매도 싸고(가파르고), 산자락이 밋밋하면 물매도 뜨다(밋밋하다). 그렇게 우리네 옛집은 주변의 산을 닮고 땅을 닮음으로써 자연을 거스르지 않았던 것이다. 특히 초가와 샛집이 그러했다.

초가와 샛집은 외관상 별로 차이가 없으나, 보통 샛집에 얹는 억새풀이 처마 밑으로 더 길게 내려와 있다. 볏짚과 억새풀의 질감에서도 차이가 나듯 샛집의 지붕은 좀 더 성기게 보이는 반면 초가지붕은 보다 차분하고 깨끔해 보인다. 볏짚은 억새에 비해 부드럽고 내구성이 있긴 하지만 수명은 훨씬 짧다. 샛지붕의 수명이 20년 정도인데 비해 초가는 보통 1년에 한 번 또는 2년에 한 번은 이엉을 갈아 씌우거나 덧덮어 주어야 한다. 다만 억새는 마르면 바스라지는 성질이 있어 이엉이나 마름을 엮을 수가 없었으므로 그냥 덧덮는 방식으로 지붕을 이었는데, 이때 물매가 뜨면 빗물이 스며들기 쉬워 일반적으로 초가보다 샛집의 물매를 싸게 올렸다.

창녕 술정리에서 볼 수 있는 샛집 풍경.
초가와 샛집은 외관상 별로 차이가 없으나,
보통 샛집에 얹는 억새풀이 처마 밑으로 더 길게 내려와 있다.

같은 억새풀 종류라도 띠풀과 억새는 그 성질이 조금 다르며 우선적으로 재료의 길이에서부터 차이가 난다. 띠풀은 줄기의 길이가 1미터 남짓인 데 비해 억새의 줄기는 2미터에 이르는 것도 있다. 또 억새는 띠에 비해 덜 부드럽고 잘 부러지는 성질이 있기는 하지만 벌레가 잘 접근하지 않는 장점이 있다. 지붕의 수명도 띠보다 억새가 약간 더 긴 것으로 알려져 있다. 산등성이나 들판에서 자라는 자연의 부산물을 그대로 빌려 온 것이기에 샛집(띠집)은 예로부터 청렴의 상징이자 안빈낙도安貧樂道의 안식처로 여겨 왔다. 그래서 과거의 몇몇 이름난 선비들은 일부러 자연에 파묻혀 샛집을 짓고 살기도 했다.

집이사 많다마는
너와집이 일품

흙으로 빚은 것이 기와라면 나무를 쪼개어 만든 것이 너와다. 옛날 논이 흔하지 않은 산간마을이나 화전민촌에서는 볏짚을 구할 수 없었으므로 나무를 쪼개어 만든 널을 지붕에 얹는 너와집이 흔했다. 강원도에서는 너와집을 너새집, 능에집, 느에집이라고도 부른다. 너와 100년, 굴피 20년이라는 말이 있다. 기와지붕은 10여 년만 손을 보지 않아도 지붕에 잡풀이 돋고 이끼가 끼어 쇠락하지만, 너와는 몇십 년이 지나도 풀이 자라거나 이끼가 끼지 않는다. 때문에 산간에 살던 화전민이나 일반 촌부들은 집 가운데 너와집을 최고로 쳤다. '이왕이면 너와'라는 말도 있었거니와 구전되는 노래에는 '집이사 많다마는 너와집이 일품이라'고까지 하였다.

너와집 주인은 해마다 몇 짐씩 나무를 준비해 두었다가 썩거나 비가 새는 부분은 그때그때 바꾸어 주었다. 너와는 송진이 많은 벌건 암소나무를 주로 썼다. 알려져 있듯 너와는 질이 좋은 소나무나 전나무를 길이 60~70센티미터, 너비 30~40센티미터, 두께 5센티미터 안팎 정도로 쪼개 지붕에 차곡차곡 얹는다. 혹여 나무이기 때문에 쉬이 뒤틀리고 사이가 떠서 빗물이 스며들 것 같지만, 나무는 젖으면 오히려 차분히 펴지고 가라앉기 때문에 생각만큼 물이 새지는 않는다.

애당초 너와조각을 톱으로 자르지 않고 도끼로 쪼개는 까닭도 물이 스미는 것을 막기 위해서다. 만일 톱으로 자를 경우, 나무의 섬유질이 파괴되어 쉽게 빗물이 스며든다. 너와를 얹을 때는 서까래 위에 중간중간 너스레(지붕에 이리저리 걸쳐 놓는 막대기)를 질러 놓고, 그 위에 나무를 쪼개어 만든 널을 비가 새지 않을 만큼 포개어 얹는다. 그런 다음 바람에 날아가지 않도록 군데군데 무거운 지지름돌을 얹어 놓는다. 본래 너와는 나뭇조각을 꿰맞춰 놓은 것이라서 조각마다 아귀가 딱딱 맞지 않아 간혹 처마 밑이나 부엌에서 올려다보면 나무 틈새로 하늘이 보이기도 했는데, 틈새 많은 집치고는 그다지 춥지 않은 게 특징이었다. 겨울에는 대개 눈이 와 지붕에 쌓이므로 이 쌓인 눈이 오히려 보온막 노릇을 하여 찬바람을 막아 주었던 것이다. 반면 여름에는 지붕의 틈새가 통풍을 도와 집 안을 시원하게 만들어 주었다.

삼척 대이리에 남아 있는 너와집.
옛날 볏짚을 구할 수 없는 산간에서는
나무를 쪼개어 만든 널을 지붕에 얹는 너와집이 흔했다.

처음부터 나지막하게 지은 너와집의 구조도 추위와 습기에 잘 견딜 수 있도록 배려한 것이다. 너와집은 주로 산간 지역에서 지어졌는데, 이는 귀하고 비싼 기와 대신 산간에서는 나무가 흔하고 손쉽게 구할 수 있는 재료였기 때문이다. 물론 재료를 구하기 쉽다고 해서 너와집이 쉽게 지을 수 있는 집은 결코 아니었다. 나무를 잘라 일일이 도끼로 쪼개는 일만 해도 그렇거니와 그렇게 쪼갠 너와를 지붕에 얹을 때도 널과 널이 딱딱 맞물리도록 신경을 써야 했다.

과거 너와집은 산간에서 최고의 집으로 통했으며 화전민정리사업과 새마을운동이 있기 전까지는 굴피집과 더불어 대표적인 산중 가옥이나 다름없었다. 하지만 삼척과 정선을 포함해 전국에 남아 있는 너와집은 이제 몇 채 되지 않는다. 산중 사람들에겐 최고의 집이었지만, 세월을 거스를 수는 없는 노릇이었다.

세상에서 가장
아름다운 너와집,
염불암

염불암은 서방정토 극락세계에서 중생을 구제하는 아미타불과 아미타불의 오른팔(왼팔은 관세음보살) 격인 대세지보살을 모신 곳으로, 오대(동대 관음암, 서대 염불암, 남대 지장암, 북대 미륵암, 중대 사자암) 가운데 극락세계를 상징하는 암자다. 애당초 오대산이란 이름도 바로 이 오대 암자에서 온 것이다. 염불암은 상원사 남서쪽 2킬로미터 능선에 자리해 있다. 상원사에서 출발하면 1시간쯤 걸리는 거리지만, 가는 길은 내내 가파른 오르막이고 이정표조차 없어 사람의 출입이 많지 않은 곳이다. 염불암은 겉모습으로만 보면 절집이 아닌 그저 운치 있는 너와집일 뿐이다. 울릉도나 삼척에서도 볼 수 있는 바로 그 너와집. 하지만 여느 너와집과는 배경

서대 염불암은 산꼭대기쯤에 자리해 있는데,
세상에서 가장 외롭고
가장 아름다운 너와집이라 할 수 있다.

도, 품격도 다르다. 세상에서 가장 외롭고, 가장 아름다운 집. 가장 소슬한 극락의 집.

북대 미륵암 또한 너와집이지만, 벽체와 처마가 단청으로 단장해 쉽게 절집임을 눈치 챌 수 있다. 그러나 서대 염불암은 드나드는 앞면을 빼면 삼면에 온통 장작을 쌓아 놓아 귀틀로 된 벽체가 아예 보이지 않는다. 부엌 또한 여느 산간 촌부네 부엌처럼 가마솥만 달랑 걸려 있을 뿐이다. 너와집 뒤란에는 오래된 통나무굴뚝이 마치 싹둑, 윗동을 잘라 낸 나무처럼 서 있다. 때마침 부엌에서 불이라도 지피면 통나무굴뚝 위로 연기가 폴폴 피어오른다. 지붕에 차곡차곡 쌓아 올린 너와는 마치 수천 권의 책을 쌓아 놓은 듯 가지런하다. 옛 부대기꾼(화전민)의 집을 고스란히 옮겨 놓은 듯 집도 그다지 크지 않다. 극락의 집이 저렇듯 단출하다.

염불암에서는 오대산 동남쪽 자락이 한눈에 다 내려다보인다. 능선이 가물가물 물이랑처럼 펼쳐진다. 몇 시간을 머물러도 개미 한 마리 지나가지 않는 외로움을, 이곳에 가면 만날 수 있다. 겨울이면 칼바람이 몰아치고, 언제나 영하 20도가 넘는 통에 거기서 겨울을 나는 스님은 웬만큼 도통해서는 안 된다는 절집. 날이 추워지면 사람도 오지 않고, 겨울에는 거기서 얼어 죽어도 아무도 모른다는 곳. 모르긴 해도 그 옛날 이곳에 머물렀다는 김시습도 적잖이 외로웠을 것이다.

돌판을
고기비늘처럼 이어 놓은
돌너와집

평창 이곡리에서 돌너와집을 만났다. 세 칸짜리 본채와 헛간채가 'ㄱ' 자 모양을 이루고 있는 집. 지붕 위쪽에는 돌너와를 새로 올린 흔적이 있어 최근까지도 지붕을 수리한 것으로 보인다. 과거 평창에는 돌너와집이 흔하디흔한 집이었다고 한다. 이유는, 미탄면 일대에 돌기와의 원석인 조석과 청석이 다량 매장되어 있어 이를 자연스럽게 지붕의 재료로 활용했다는 것이다. 정선읍 신월리와 가수리, 남면 유평리에서도 최근까지 돌너와집을 볼 수 있었다. 오래전 보은군 남대문 마을에도 보기 좋은 돌너와집이 한 채 있었는데, 여전히 남아 있는지는 알 수 없다.

돌너와집은 지역에 따라 돌지붕집, 돌기와집, 돌집, 돌능에(애)집, 돌능와집 등으로도 불린다. 얇게 쪼개지는 성질을 가진 청석과 조석이 많이 나는 고장(강원도 평창, 정선, 충북 보은, 영동, 청원 등)에서 주로 볼 수 있었다. 돌너와집은 가까이에서 보면 손바닥만 한 돌판에서부터 구들장만 한 것까지, 마치 지붕에 고기비늘을 이어 놓듯 얇은 돌판을 서로 맞물려 놓은 모습인데, 멀리에서 보면 그 모습이 마치 커다란 물고기 등짝처럼 아름다운 무늬를 연출한다.

『진부면지』에 따르면 돌너와를 올리는 방법은 이러하다.

"용마루를 진흙으로 이겨 올리고 흙이 마르기 전에 사방 1~2자 짜리 돌기와를 진흙에 박아 놓았다. 그다음부터 작은 돌로 조금씩 이어서 내려가다 처마끝 부분에 또다시 1~2자 크기의 돌을 이어 물받이가 되도록 했다. 여름 장마 때 심한 비바람 속에서도 물이 쭉쭉 빠져 처마 밑으로 떨어지게 되고 중심 부분의 작은 돌들은 상층부와 하층부의 큰돌에 힘입어 움직이지 않는다."

이렇게 돌너와집 지붕에 올리는 돌은 무게로 따지면 대략 4~5톤에 이른다고 하며 그 크고 작은 돌판의 수도 약 1천여 개에 이른다고 한다. 그러나 이러한 무게에도 한번 이어 놓으면 20년까지는 손을 보지 않아도 되기 때문에 한때 농촌에서는 돌너와집이 유행처럼 번진 적이 있다.

평창 이곡리에서 만난 돌너와집.
돌너와집은 가까이에서 보면 손바닥만 한 돌판에서부터
구들장만 한 것까지, 마치 지붕에 고기비늘을 이어 놓듯
얇은 돌판을 서로 맞물려 놓은 모습이다.

사라질 수밖에 없는 운명,
굴피집

양양 빈지골에는 굴피집이 한 채 남아 있다. 이곳의 굴피집은 한국전쟁이 끝난 뒤에 지어져 지금에 이르고 있는데, 오늘날 볼 수 있는 굴피집 가운데는 옛 굴피집의 원형이 가장 잘 보존된 집이다. 물론 집안 천장에 벽지를 바르고, 나무 굴뚝을 플라스틱으로 교체하긴 하였다. 하지만 굴피를 여러 겹 얹고 그 위에 돌멩이와 나무를 눌러놓아 바람에 날려가거나 눈에 흘러내리지 않도록 한 솜씨가 한결 정겨운 '옛 멋'을 풍긴다. 부엌으로부터 삐죽 삐져나온 외양간도 역시 굴피를 해 이었다.

굴피집은 너와집이나 샛집과 더불어 옛날 산중에서 흔하게 지어진 집이다. 굴피는 한번 지붕을 이어 놓으면 그럭저럭 10년은 버틴다고 한다. 10년쯤 되면 다시 위아래를 돌려놓으면 되었으니, 이래저래 20년은 거뜬하다는 얘기다. 지붕에 덮는 굴피는 한 장이 보통 너비 세 자(약 1미터), 길이 네 자 정도인데, 14평 정도를 덮으려면 지게로 무려 스물다섯 짐(무게로 1.5톤 정도)이나 필요하다고 한다.

굴피 채피는 나무에 물이 오르는 처서處暑쯤에 하며 20년생 정도의 참나무를 벗겨서 쓴다. 처음 벗긴 참나무 껍질은 나무 모양으로 오그라들어서 얼마 동안(두어 달에서 1년) 돌멩이로 눌러 반듯이 펴지게 한 다음 지붕에 앉혔다. 굴피를 지붕에 앉힐 때에는 밑에서부터 쌓아 올려야 흘러내리지 않는다. 본래 지붕에 덮는 굴피는 눈이 많이 오면 밀려 내려오기 때문에 굴피집(투비집)을 지을 때는 보통 처마를 땅에 가까이 닿게 한다. 또 굴피가 날려가거나 흘러내리지 않게끔 5~7자(2미터 안팎) 정도 되는 지지름대(굴피 위에 질러 놓는 통나무)를 질러 놓고, 중간중간 20센티미터 안팎의 지지름돌(눌림돌)을 얹어 놓는다.

굴피는 껍질 안쪽이 여러 켜의 해면질 코르크로 이루어져 있어 물이 샐 염려가 전혀 없으며 바람을 잘 통하지 않으므로 보온과 흡음吸音, 밀폐에 효과적이다. 무엇보다 고기비늘처럼 이어 놓은 굴피 지붕의 모양새는 아름답기로 치면 집 가운데 으뜸이다. 하지만 요즘은 삼림자원보호와 입산금지 등의 규제로 관청의 허가를 받지 않으면 굴피를 채피할 수가 없는 실정이다. 굴피집이 사라질 수밖에 없었던 결정적인 이유도 바로 그 때문이다. 사실 굴피를 벗겨 낸 나무는 몇 년 후 벗긴 자리에 다시 껍질이 생겨나므로 굴피를 벗겨냈다고 해서 나무가 죽는 법은 없는데 말이다.

현재 굴피집이 남아 있는 곳은 빈지골 외에도 삼척의 대이리와 신리, 대평리 사무곡 등이다. 과거 대이리에는 20여 채의 굴피집이 있었지만 해를 거듭하면서 한두 채씩 사라져 지금은 달랑 한 채만이 남았을 뿐이다.

가장 보편적인 살림집,
흙집 풍경

한때 옛집을 찾아 무던히도 떠돌아다녔다. 강원도에서 제주도까지, 옛집이 있는 곳이면 기어이 발품을 팔았다. 여느 시골에서 가장 흔하게 만나는 것이 흙집이었는데, 그 흙빛을 보고 있노라면 공연히 눈시울이 뜨거워졌다. 그 옛날 대충 바른 벽지 틈으로 스며 나오던 흙냄새와 가난했던 유년의 기억 때문일까, 흙집 앞을 지날 때면 언제나 고장이 난 듯 발걸음이 떨어지지 않았다.

옛날 가장 보편적인 우리네 서민 살림집은 지붕이 초가에, 벽체는 흙벽으로 된 집이었다. 집의 뼈대가 나무 기둥이라 해도 벽체는 흙벽이거나 흙벽돌, 흙담을 쌓은 것이 대부분이었다. 간혹 순흙으로만 벽을 쌓아 올린 '둑집'을 짓기도 하였으나 그럴 경우 한껏 높이 올려 쌓을 수 없다는 단점이 있었다. 본래 흙집이란 것은 습기를 잘 빨아들이고, 보온성이 높아 사계절이 분명한 우리나라의 기후에 적합한 가옥 형태라 할 수 있다. 즉 흙의 자연 성분이 온도와 습도를 알맞게 조절해 여름의 고온다습과 겨울의 저온건조를 견디게 하는 것이다. 또 흙벽은 다른 벽체에 비해 스스로 들숨과 날숨을 내쉼으로써 실내를 보다 쾌적하게 유지해 주는 노릇을 한다.

오래된 옛집을 지금의 현대 건축물과 비교하는 건 옳지 않다. 당대에는 그것이 서민이 지을 수 있는 최선의 집이었다. 사실 흙집이란 것이 요즘의 아파트에 비하면 춥고 불편하며 웃바람(외풍)도 심한 편이다. 그런데 또 이것이야말로 흙집의 매력이다. 외풍이 있다는 것은 공기순환이 잘 된다는 뜻이며 그런 만큼 머리가 맑아져 건강에도 좋다는 얘기가 된다. 반면 아파트에서는 겨울에도 반소매 차림으로 생활할지 모르지만, 그만큼 공기순환이 잘 안 되어 머리가 무겁고 감기에 걸리기도 쉽다. 콘크리트로 된 건물은 사실상 버려지는 순간 전부 쓰레기로 변하지만, 흙집은 온전히 땅으로 되돌아간다.

또 콘크리트 집에서는 벽지나 시멘트가 내뿜는 독성 화학물질로 건강을 해칠 수 있지만 흙집에서는 이런 염려를 하지 않아도 된다. 흙집에서 자고 나면 아침에 머리가 개운한 것도 이 때문이다. 현대에 이르러 가장 많이 쓰이는 시멘트는, 완전히 굳을 때까지 보통 30~50년쯤 걸린다고 한다. 그러니까 그 오랜 시간을 쉴 새 없이 독성 물질을 내뿜고 있는 셈이다. 또 도시가 열을 머금어 더워지는 '열섬효과'와 빗물이 땅에 스미지 않고 낮은 지대로 쏠려 일어나는 '도시홍수'를 일으키는 것도 사실상은 콘크리트 건축이 가져온 피해나 다름없다. 결국 콘크리트는 땅과 사람을 질식시켜 죽음으로 내모는 건축방식인 셈이다.

벽체나 지붕에 진흙을 이겨 바르는 방법은 일찍이 선사시대 때부터 있어 왔다. 그러던 것이 1970년대 이후 초가집의 퇴장과 더불어 흙집은 점차 자취를 감추기 시작했다. 특히 농촌의 버려진 집 가운데 상당수가 바로 이 흙집이다. 흙집은 사람이 살면서 수시로 고치고 메우고 덧바르면서 지냈던 집이다. 사실 모든 집이 그렇듯 집에 사람이 살지 않으면 금방 쇠락하고 만다. 그렇게 흙집은 흙으로 돌아가고 있는 것이다.

양양 면옥치에서 만난 겨울 흙집 풍경.
옛날 가장 보편적인 우리네 서민 살림집은 바로 흙집이었다.

산에 산다,
귀틀집과 투막집

흙집과 더불어 우리네 옛집의 벽체를 이루는 대표적인 것이 귀틀집이다. 가장 원시적인 주택 형식 중 하나인 귀틀집은 통나무를 우물 정井자처럼 엎을장 받을장 귀를 맞물려 어긋나게 짜고, 벌어진 통나무 사이에 짚풀을 썰어 넣은 흙고물을 촘촘히 발라 바람막이를 한 집이다. 나무가 풍부한 산간지대 혹은 산중에 불밭을 일구어 살던 화전민들과 숯을 굽고 살았던 숯장이들이 많이 짓고 살던 집이 귀틀집이다 보니 그 지붕에는 너와나 굴피, 억새, 겨릅 등을 얹는 경우가 많았다.

귀틀집은 지역에 따라 투방집, 투막집, 토막집, 꿰방집, 방틀집,

누목집, 틀목집, 옹팡집 등 다양한 이름으로 불려 오고 있다. 이것은 나무가 많은 산속에서나 지을 수 있는 집이기 때문에 과거 우리나라에서는 강원도 등지에서 가장 많이 성행했다. 그곳에서는 귀틀집을 일러 '가난한 사람이 이불 없이도 겨우살이 할 수 있는 집'으로 불렀는데, 강원도쪽 귀틀집의 구조적인 특징의 하나는 외양간과 부엌이 한곳에 연결되어 있어 사람과 소가 함께 공생하는 폭을 두었다는 점이다. 같은 강원도에서도 귀틀집은 많은 지역에서 투방집 또는 토방집이라는 이름으로 불리고 있다. 투방집을 그냥 귀틀집으로 보면 그만이지만, 굳이 다른 점이 있다면 귀틀집보다 투방집의 지붕이 훨씬 낮아서 방 안에 앉아 손을 뻗치면 천장이 그대로 닿을 정도이고 멀리서 보면 마치 짜그라진 움막처럼 보인다는 것이다.

울릉도에 있는 투막집도 귀틀집이다. 다만 육지의 그것과 다른 점이 있다면 본채 주위에 억새나 옥수숫대로 엮어 만든 우데기를 빙 둘러친 우데기집이라는 것이다. 또 하나, 육지의 귀틀집과는 달리 이곳의 투막집은 바람과 눈이 많은 섬 지방의 기후에 잘 견딜 수 있도록 매우 견고하게 지어졌으며, 본채와 우데기 사이에 죽담이라는 공간을 두고 있다. 옛날에는 나리분지에 눈이 2~3미터씩 오는 경우가 많았는데, 그럴 경우 지붕까지 완전히 눈에 묻히곤 했다. 투막집 죽담은 바로 눈 속에 갇혀서도 훌륭한 활동공간이 될 뿐만 아니라 정지와 마구간, 방을 오가는 이동통로 노릇도 하는 것이다.

투막집 꺼지렁문(거적문)에는 칡줄이나 새끼줄을 뒷간과 연결해 놓았는데, 이는 눈이 처마까지 덮을 경우 이 줄을 돌려 동굴과 같은 이동통로를 내기 위함이었다. 투막집의 구조는 대부분 3~5칸의 일자一字집 형태를 취하며, 정지(부엌) 옆에는 마구간을 두는 경우가 많았다. 방은 큰방과 머릿방, 사랑방 등이 차례로 붙어 있고, 본채와 우데기 사이의 통로는 '죽담'이라 하여 각종 생활도구와 땔감, 먹을 양식을 저장했다.

울릉도 개척 이후 나리분지에는 한때 150가구가 넘게 거주할 때도 있었는데 당시에는 열에 아홉이 억새를 덮은 투막집이었고, 열에 한 집 꼴로 너와집이 있었다고 한다. 그 많던 투막집과 너와집은 이제 고작 다섯 채의 빈집으로만 남았다.

울릉도 나리분지에서 만날 수 있는 투막집.
육지의 귀틀집과 달리 이곳의 투막집은
본채 주위에 억새나 옥수숫대로 엮어 만든
우데기를 빙 둘러친 우데기집이라는 것이다.

난방이 목적,
고콜과 화티

옛날 두메마을에서 가끔 볼 수 있었던 굴피집이나 너와집의 방 안 모서리에는 '고콜'이란 것을 두는 경우가 많았다. 고콜이란 한마디로 벽난로라고 생각하면 되는데, 단순히 난방 노릇만 했던 것이 아니라 방 안을 밝히는 조명 노릇도 겸했다. 대개 고콜은 사람이 앉아 땔감을 지피기 좋은 높이에 아궁이 모양의 턱을 만들고, 위로 연기 통로를 내어 까치구멍과 연결되도록 하였다. 까치구멍이란 굴뚝 대신 지붕의 양쪽에 연기가 빠져나가도록 구멍을 낸 것을 말하며 굴피집이나 너와집, 초가집에 두루 사용했던 방식이다. 고콜에는 주로 관솔을 지피는데, 이는 관솔이 화력이 좋을뿐더러 연기가 적게 나고, 냄새가 그윽하기 때문이다.

고콜은 옆에서 보면 마치 그 생김새가 사람의 코처럼 생겨 '코굴'이라고도 불렸다. 그러고 보니 고콜에 불을 피우고 연기가 색색 새나올 때의 모습은 마치 화난 사람이 콧김을 색색 내뿜는 것만 같다. 이와 같은 고콜은 현재 삼척 신기면 대이리 너와집과 도계읍 신리 너와집에서 그 원형을 보존해 오고 있다. 한편 산간의 너와집이나 굴피집 부엌에는 '화티'를 두는 경우도 많았다. 화티란 아궁이 옆에

또 다른 작은 아궁이를 만들어 불씨를 보관해 두는 곳인데, 옛날에는 한겨울이면 늘 이곳에 불씨를 모아 두어 겨울이 끝날 때까지 꺼지지 않도록 했다. 화티의 불씨를 꺼뜨리면 집안의 복덕과 기운이 사라지고, 해가 생긴다고 여겼기 때문이다.

불씨란 말 그대로 '씨앗불'이다. 그래서 옛날에는 불씨를 씨오쟁이에 담아 놓은 곡식의 씨처럼, 혹은 사람의 목숨처럼 소중하게 보관했다. 최소한 성냥이 널리 보급되기 전까지만 해도 이 불씨 지키기는 대물림으로 이어져 왔다. 화티는 지역에 따라 화투, 화루라고도 불렸는데, 지금은 삼척 신기면 사무곡의 굴피집과 대이리에 그 원형이 남아 있을 뿐이다. 고콜과 화티를 볼 수 있는 너와집과 굴피집에는 또 벽에 호롱불을 매달도록 만든 '두둥불'을 비롯해 방과 부엌 사이에 작은 창을 내어 등잔 하나로 양쪽의 불을 밝히던 '불창'이란 것도 있었다. 주로 방과 방 사이에 두었던 불창은 겹집이 흔한 강원도 산간에서는 지금도 종종 볼 수 있지만, 등잔을 켜지 않아 유명무실해진 지 오래다.

불씨 담는 그릇,
화로

화로에 잿불을 헤쳐 고구마를 묻어 놓고, 할머니는 부젓가락 만지작거리며 호랑이 담배 피우던 시절 이야기를 조곤조곤 들려주곤 했다. 한번 시작한 옛날이야기는 아이들 성화에 몇 고개를 넘고 또 넘었다. 드디어 이야기 밑천이 다 떨어질 때쯤에야 할머니는 잿불에 구운 고구마를 이야기 대신 내놓았다. 어린 시절 한 번쯤은 경험해 보았을 화롯가 풍경이다.

화로는 말 그대로 불씨를 담는 그릇이었지만, 따뜻한 정감의 그릇이기도 했다. 그 옛날, 어머니는 아궁이에 군불을 때고 나면 발갛게 달아오른 불씨를 화로에 꾹꾹 눌러 담은 뒤 불씨가 빨리 사그라

화로는 말 그대로 불씨를 담는 그릇이었지만,
따뜻한 정감의 그릇이기도 했다.
그 옛날 난방을 담당한 휴대용 난로이기도 했고,
가스레인지를 대신한 조리용 도구이기도 했다.

지지 않도록 재를 덮어 방 안 윗목에 갖다 두었다. 아랫목이야 군불을 때면 절절 끓어 오래 궁둥이를 붙이고 있을 수도 없을 지경이지만, 윗목은 아무리 불을 때도 냉골일 때가 많았다. 과거에는 대부분의 집이 흙벽 집에 창호지 바른 문을 달고 있어 윗바람이 심했는데, 화로는 바로 윗바람의 스산함을 다스리는 노릇도 했던 것이다.

그뿐만 아니라 옛날 사람들은 화로에 인두를 꽂아 두었다가 한복의 동정 깃을 다리거나 옷 주름을 펴는 데도 썼다. 또 풍로조차 없던 시절에는 된장찌개며 김치찌개도 화로에 보글보글 끓여서 내왔으며 집안에 손님이 들면 가장 먼저 화로를 손님 앞에 내놓기도 하였다. 지금이야 그런 낭만을 기대할 수 없지만, 내가 어렸을 때만 해도 화로에 달걀밥이란 것도 해 먹었다. 달걀을 마시고 난 뒤, 위쪽에 손가락이 들어갈 만큼 구멍을 뚫어 안에다 쌀을 반쯤 채우고, 물을 부어 화롯불에 올려 놓으면 저절로 달걀밥이 되었는데, 화롯불에 누릇누릇하게 익어서 그 맛과 향이 참으로 기가 막혔다. 설날을 보내고 나면 딱딱하게 굳은 가래떡을 화롯불에 구워 먹는 재미도 그만이었다.

그러나 지금은 갖가지 보일러 시설과 난방기구가 화로를 대신하고 있다. 화로가 우리 곁을 떠나면서 화롯가에 올망졸망 모여 앉은 그 옛날 추억과 정감의 불씨도 더불어 꺼져 가고 있다. 몸은 따뜻해졌을지언정 마음은 어쩐지 더 쌀쌀해진 느낌이다.

부지깽이 탁탁,
아궁이와 부뚜막

그 옛날 우리 어머니들은 새벽에 일어나 아궁이에 불을 지피는 것으로 하루를 시작하였다. 사랑방에 곁달린 쇠죽솥에는 겻섬에서 퍼 온 겻가루와 콩깍지가 섞인 여물을 넣고 반지르르 기름기 도는 부엌 가마솥에는 통감자 몇 알 넣어 쌀보리를 안친 뒤 불을 지폈다. 부뚜막에는 언제나 시커멓게 그을음이 앉은 통성냥 한 통이 있었고 부엌 한편에는 미리 쟁여 놓은 나뭇짐과 갈비(솔가리)가 쌓여 있었다. 먼저 갈비에 불을 붙이고, 솔가지를 분질러 넣으면 화르락 불길이 번져 아궁이를 환하게 비추었다. 이어 잘 마른 나무를 뚝뚝 분질러 아궁이에 넣으면 불길은 금세 방고래를 타고 올랐다.

불길이 번지기 시작하면 바빠지는 건 부지깽이였다. 부지깽이는 잘 타지 않아야 하므로 생나무 줄기를 잘라 만들지만, 아무리 생나무라 해도 자꾸 불씨를 헤치다 보면 금세 끄트머리가 타서 짧아지게 마련이었다. 그러다 너무 짧아지면 아궁이에 던져지는 게 부지깽이의 신세였다. 불을 다 때고 아궁이 불씨를 다독여 재를 덮고 나면 부지깽이 끝에도 벌겋게 불이 붙어 있게 마련인데, 이때 부지깽이 끝을 구정물에 담그거나 부엌 바닥을 탁탁 때려서 불을 껐다. 그리고 어느새 쇠죽솥에서 색색 뜨거운 김이 새어 나오고, 가마솥에서도 구수한 밥 냄새가 솔솔 풍겨 나오면 어머니의 손길은 더욱 바빠졌다.

쇠죽은 퍼다가 외양간 여물통에 붓고, 아궁이 불씨는 부삽으로 꺼내 화로에 퍼 담았다. 이글이글한 화롯불에는 지글지글 된장찌개를 끓이고, 식구 수대로 밥까지 뚝딱 퍼 놓고서야 어머니의 아침 부엌데기 노릇은 얼추 끝이 났다. 본래 부엌은 음식을 장만하고 난방을 하는 공간이지만 곡물을 저장하는 창고이기도 했으며 부지깽이 탁탁, 시집살이의 설움을 삭이는 공간이기도 했다. 대개 아궁이가 있는 곳에는 부뚜막이 달리게 마련인데, 여기에는 언제나 크고 작은 솥들이 내걸렸다. 과거에는 솥이 얼마나 반들반들 윤기가 나느냐에 따라 집안의 바지런함이 평가되기도 했으므로 기름 수건으로 자주 소댕(솥뚜껑)을 닦아 주어야 했다. 살림살이 가운데서도 솥은 가장 중요한 품목이었으니 살림집을 옮길 때도 가장 먼저 떼어

내고, 가장 먼저 거는 것이 솥단지였다.

그런 만큼 부엌 지킴이인 조왕신을 모시는 조왕중발도 언제나 솥이 걸린 부뚜막에 두었다. 또 조리와 바가지, 도마와 같은 기본적인 조리기구도 대부분 부뚜막에 두었다. 물론 아궁이가 있는 곳에 모두 솥을 걸고 부뚜막을 두는 것은 아니었다. 간혹 사랑방이나 별채 같은 곳에는 마루 밑이나 봉당에 군불아궁이만 두는 경우도 있었다. 그러나 이제 옛 아궁이와 부뚜막의 정서는 저만치 밀려난 풍경이 되고 말았다. 주거 양식의 변화가 아궁이와 부뚜막을 밀어내고 '주방'을 들여앉힌 것이다.

집의 숨구멍, 굴뚝

무릇 집은 생명이다. 사람이 음식을 먹고 배설하고 숨 쉬는 것처럼, 집도 먹고 배설하고 숨을 쉰다. 아궁이에 불을 때면 부넘기(방고래로 불이 넘어가는 턱)를 넘은 불길이 방고래를 따라 번져 마치 피가 돌듯 구들장에도 온기가 돌고 아늑해진다. 아궁이가 집의 입이라면 굴뚝은 집의 뒷구멍이다. 탁하고 매캐한 연기는 개자리(불기를 빨아들이고 연기를 머물게 하는 고랑)를 거쳐 이 뒷구멍으로 다 빠져나간다. 사람이 먹지 않으면 똥을 눌 수 없듯, 집도 불을 때지 않으면 연기가 나지 않는다.

우리 민속에서는 굴뚝이 하늘에 이르는 연결 통로나 다름없었는데, 부엌을 관장하는 조왕신은 집의 아가리인 아궁이로 들어가 뒷구멍인 굴뚝을 타고 하늘로 올라간다고 여겨졌다. 굴뚝이 단순히 연기 구멍의 노릇만을 하는 것은 아니다. 아궁이와 방고래의 공기 순환을 돕는 것도 굴뚝의 노릇이다. 굴뚝에 바람이 잘 들어야 아궁이에 불도 잘 들고, 방고래에 온기도 잘 도는 법이다.

그러다 보니 지역과 환경에 따라 굴뚝의 높이도 달랐다. 바람이 잘 통하는 평야지대나 해안지대에서는 굴뚝이 그리 높지 않았지만 산간마을이나 계곡에서는 상대적으로 높아 바람을 잘 받도록 했다. 굴뚝의 재료나 모양새도 여러 가지였다. 강원도 정선이나 삼척, 전라도 지리산 자락의 마을에서는 통나무 속을 비워서 만든 통나무굴뚝이 흔했다. 비슷한 굴뚝으로 통나무 대신 널빤지를 이어 붙인 널굴뚝이란 것도 있다. 다른 굴뚝과 달리 널굴뚝은 중간중간 갈라진 널의 틈새로 연기가 폴폴 새어 나오는 것이 특징이다.

옹기굴뚝(오지굴뚝)과 와편굴뚝도 있다. 옹기굴뚝은 옹기를 여러 개 이어 연통 노릇을 하게 만든 굴뚝이고, 와편굴뚝은 기와조각과 흙을 함께 쌓아 올린 굴뚝을 일컫는다. 강원도 고성의 왕곡마을이나 경북 안동의 하회마을을 비롯해 여러 민속마을에서 흔히 볼 수 있는 굴뚝들이다. 일부 섬 지역이나 남부 해안지방에서는 봉당이나 마당에 나지막하게 쌓아 올린 흙굴뚝을 볼 수 있다. 이 흙굴뚝은 부

엌에서 불을 때면 연기가 마당에 자욱하게 깔리도록 만든 탓에 '앉은굴뚝'이나 다를 바 없다.

흙굴뚝 가운데는 돌과 흙을 마치 봉수대처럼 쌓아 올린 뒤, 겉에 짚이엉을 두른 짚가림굴뚝이란 것도 있었다. 그런가 하면 옛 궁궐이

흙과 돌을 나지막하게 쌓아 올린 앉은굴뚝(왼쪽).
돌과 흙을 마치 봉수대처럼 쌓아 올린 뒤 겉에 짚이엉을 두른 짚가림굴뚝(오른쪽).

나 양반집 등에서는 '연가'라는 것이 있었다. 굴뚝 위에 지붕을 올린 형태인데, 굴뚝 위에 '지붕'까지 올렸던 까닭은 한마디로 비바람을 막아 주고 굴뚝을 보호하기 위함이었다. 사실 굴뚝이란 것은 온돌문화의 산물이어서 얼마 전까지만 해도 우리나라는 세계에서 가장 다양한 굴뚝을 보유한 나라로 통했지만, 주거문화의 변화로 이 땅의 굴뚝들은 더 이상의 소용을 잃고 점차 사라져 가고 있다.

눈비막이 바람막이,
거적문과 뜸

옛 속담에 '거적문에 돌쩌귀'라는 말이 있다. 돌쩌귀란 문짝을 문설주에 달 때 여닫음을 편히 하려고 붙이는 쇠붙이이고, 거적문은 말 그대로 문짝 대신 짚이엉으로 거적을 짜 둘둘 말아 올릴 수 있도록 한 문이니 서로 격에 맞지 않아 어울리지 않을 때 썼던 말이다. 또 추운 날 문을 닫지 않고 나가는 사람을 탓할 때 '오뉴월 거적문인가'라고 했으며 물건의 가치가 없고 하찮아 보일 때에는 '거적문도 문이냐'라는 말을 썼다. 한마디로 거적문이 들어가는 말치고 듣기 좋은 말이 없다. 애당초 거적문이란 것이 어쩐지 허술해 보이고, 좋아 보이지 않았던 탓이다.

그러나 분명 거적문도 문이다. 옛날 가난한 사람들의 부엌에 변변한 문을 달지 못했을 경우 가장 쉽게 만들 수 있는 것 역시 거적문이었다. 겨울의 매서운 추위까지야 거적문이 온전히 막을 수는 없었지만, 웬만한 비바람과 눈보라는 이것이 다 막아 주어 제법 문 노릇을 했던 것이다. 울릉도 나리분지에서 볼 수 있는 투막집의 거적문도 바로 그런 노릇을 했다. 현지에서 '꺼지렁문'이라 불리는 이 거적문은 투막집 '우데기'(투막집 주위에 억새나 옥수숫대를 엮어 빙 둘러 친 일종의 눈막이용 보온막)의 출입문이자 비바람과 눈발이 건물 안으

로 들이치는 것을 막는 눈막이 노릇을 동시에 했다. 전라도 지역에서는 이 거적문을 '꺼적문'이라 하는데 주로 부엌이나 헛간, 뒷간 등의 건물에 쳐 왔다고 한다. 대부분의 거적문은 짚이엉을 엮어 만들었고 드물게 억새나 띠풀을 엮어 만들기도 하였다.

한편 건물에 들이치는 비바람을 막고, 눈보라를 막는 노릇을 했던 '뜸'이라는 것이 있다. 이 뜸은 띠풀이나 억새, 짚, 부들 따위를 거적처럼 엮어서 만드는데 대체로 바람이 심한 바닷가 마을에 많았다. 울릉도의 투막집에서 볼 수 있는 우데기도 일종의 뜸이며 이는 뜸을 아예 건물에 부착시킨 경우이다. 바람막이에다 눈비막이 울타리인 셈이다.

과거 경기도 지방에서는 '떼날래'라 하여 건물에 빙 둘러 짚이엉을 씌워 눈비를 막았고, 제주도에서는 띠풀을 엮어 만든 뜸으로 눈비를 막았다. 아직도 신안군 도초도에서 볼 수 있는 뜸은 풀과 산죽을 섞어 엮은 것으로 현지에서 '풍채'라 불린다. 본래 풍채는 억새나 띠풀로 엮은 거적을 추녀 끝에 차양처럼 떠받들어 놓은 것을 일컫는데, 그 쓰임은 뜸과 별다를 게 없었다. 하지만 거적문이나 뜸을 친 모습은 이제 정말로 만나기 어려운 풍경이 되었다. 굳이 거적문이나 뜸이 아니더라도 그것들을 대용할 수 있는 물건이 얼마든지 생겨났기 때문이다.

고깔 모양의 마름,
주저리

이제 막 개초를 끝낸 초가지붕이 누르께한 갓난아기 똥색 옷을 해 입었다. 방금 해 입힌 이엉은 윤기까지 자르르 흘러, 보고만 있어도 그저 마음이 깨끔해진다. 이엉이란 것은 짚을 한 움큼씩 나란히 엮어 지붕에 올리도록 만든 짚 묶음인데, 이런 이엉 다발을 따로 '마름'(또는 나래)이라 했다. 개초는 바로 이 마름을 둘둘 굴려 지붕을 덮는 일을 말하는 것이다. 과거 초가집 마당이나 뒤란에는 이엉을 올리기에 앞서 미리 마름더미를 둥그렇게 묶어 놓은 마름 주저리라는 것이 있었다. 대충 눈대중으로 지붕에 올릴 만큼의 마름을 미리 만들어 놓은 것인데, 비에 맞거나 바람에 날려가지 않도록 마름더미 위에는 고깔 모양의 주저리를 해 덮었다.

개초를 하는 날이면 이 마름 주저리를 열어 한 마름씩 지붕에 올렸다. 만일 지붕을 다 잇고도 남은 마름이 있으면 다시 마름 주저리에 빙 둘러놓아 다음에 쓰도록 했다. 이 마름 주저리는, 때로 이엉을 엮을 볏짚을 추려 따로 보관하는 용도로도 쓰였는데, 짚가리에 그냥 두면 비바람에 볏짚이 상할 염려가 있으므로 마름 주저리를 만들어 따로 보관했던 것이다. 본래 주저리는 다양한 용도로 쓰였다. 김칫독을 묻고 나서 얼지 않도록 뚜껑 위를 덮기도 했고, 무, 배추 등의 채소를 얼지 않도록 감싸는 노릇도 했다. 또 집터를 지키는 터주가리와 업가리의 신체도 주저리로 만들었으며, 눈비를 막기 위해 논에 그대로 둔 볏가리에도 맨 위쪽에 주저리를 해 씌우기도 했다.

지역에 따라 이 주저리는 우저지, 우지지 등으로도 불렸다. 짚풀문화의 터줏대감인 인병선 씨가 쓴『우리가 정말 알아야 할 우리 짚풀문화』(1995, 현암사)에 보면, 경북 예천 지보면에서는 "3,000척 볏가리도 우지지 하나가 제일"이라는 속담이 전해 온다고 한다. 주저리를 씌우지 않은 볏가리는 곧 썩게 되므로 쓸모가 없다는 뜻인데, 주저리의 노릇을 잘 말해 주는 대목이다. 그러나 초가집이 사라지고, 볏짚의 쓰임이 줄어들면서 주저리도 그 소용을 잃어 가고 있다.

김장을 저장하는 짚막, 김치광

솔솔 찬바람이 나기 시작하면 옛날 사람들은 몇몇이 돌아가며 김장 품앗이를 했다. 겨우내 먹을 김치를 한꺼번에 담으려면 아무래도 한둘의 손길로는 어림도 없었다. 워낙에 김장이 큰일이다 보니 으레 김장하는 날에는 온 집안이 왁자했다. 부엌에서는 어머니가 절인 배추에 양념 속을 넣고 깍두기를 써느라 정신이 없었고, 뒤란에서는 또 김장독 묻을 구덩이를 파느라 아버지의 곡괭이질이 이어졌다.

이윽고 김장이 끝나면 부엌에서 담은 배추김치, 총각김치, 깍두기, 동치미가 차례로 함지박을 타고 뒤란으로 옮겨졌다. 남은 것은

ⓒ심병우

항아리를 덮고 김치광을 세우는 일이었다. 겨울 양식인 김장을 얼지 않게 오래오래 저장하려면 눈비와 바람을 막아 주는 막이 있어야 하는 법이다. 김치광이라 불리는 이 막은 대개 짚이엉을 움막처럼 둘러쳤으므로 짚막 또는 김치움이라고도 불렸다.

김치광의 구조는 간단했다. 먼저 골격을 이루는 기둥을 세 개쯤 원뿔 모양으로 세워 윗부분을 엮은 뒤, 중간중간 서까래를 걸쳐 놓고 빙 둘러 짚이엉을 덮으면 되었다. 이때 문은 대개 거적을 내려 만들었는데 맞바람이 들이치지 않는 쪽으로 문을 냈다. 해서 그 모양이란 것이 꼭 선사시대의 움집과 별다를 게 없었다.

과거 냉장고가 없던 시절에는 김치광이 바로 김치 냉장고 노릇을 했다. 사실 날씨가 아무리 추워도 땅속의 온도는 김장이 얼지 않을 만큼 일정하게 유지된다. 하지만 땅 위로 아가리를 내민 김장독은 뚜껑을 덮어 놓는다 해도 윗부분의 김치가 얼기 십상이었다.

보온막이나 다름없는 김치광이 어느 정도 눈비가림과 바람막이 노릇을 해 주었지만 그것만으로 엄동설한의 황소바람을 다 막아 낼 수는 없었다. 그래서 농가에서는 김장독 아가리 주위에 짚을 빙 둘러치거나 아예 뚜껑 위에 짚단을 이불처럼 펴 놓기도 했다. 이처럼 김장 보관에 들이는 공은 예나 지금이나 변함이 없는데 달라진 것이 있다면 요즘에는 돈을 들인다는 것이고, 옛날에는 정성을 들였다는 것이다. 김치 냉장고야 돈만 들이면 살 수 있지만, 김치광은 정성을 필요로 했기 때문이다.

쓸모 다한 통방아,
물레방아,
연자방아

덕항산 자락의 깎아지른 듯한 바위 절벽이 병풍처럼 둘러쳐 있고, 그 병풍 속에 폭 잠긴 삼척 땅 대이리를 따라 오르다 보면 개천가에 굴피 옷을 해 입은 고깔 모양의 통방앗간을 한 채 만나게 된다. 물방아, 물통방아, 벼락방아라고도 불리는 이 통방아는 100여 년 전 마을의 공동 방앗간으로 만들어진 것이다. 통방아의 주요 시설은 확(곡식을 찧는 돌통)과 공이, 물받이로 되어 있는데 물받이(물통)에 물이 담기면 그 무게로 공이가 올라가고, 물이 쏟아지면 공이가 떨어져 방아를 찧게 되는 원리를 따랐다.

이런 통방아는 삼척 신리에서도 만날 수가 있다. 대이리 통방아와 모양과 원리는 같지만, 지붕이 겨릅(삼대)으로 되어 있는 점이 다르다. 이곳 방아의 길이는 5미터, 무게는 2톤 정도라고 하며 3분에 약 일곱 번 정도 공이가 오르내릴 수 있어 수량이 많으면 하루에 벼 두 가마니는 찧을 수 있다고 한다. 그러나 대이리와 신리의 통방아는 모두 고장이 난 상태여서 지금은 전시용으로 남아 있을 뿐이다.

통방아가 물받이에 물을 받아 그것이 쏟아지는 힘으로 방아를 찧는 것이라면, 물레방아는 말 그대로 물레바퀴가 도는 힘(물레에 굴대를 끼우고 방아채와 연결해 물레가 돌 때마다 자동으로 공이가 들렸다 떨어지게 만들었다)을 이용해 방아를 찧는 것이다. 정선군 동면 백전리에 아직도 이 물레방아가 남아 있는데, 이곳의 물레방아 역시 100여 년 전 이 마을 주민들이 공동으로 방아를 찧기 위해 설치한 것이라고 한다. 20여 년 전까지만 해도 이 물레방아는 단지 전시용이 아니라 실제로 마을 사람들이 쌀이며 보리를 찧어 먹고, 고추와 메밀까지 빻아 먹던 것이었다. 그러나 사용이 뜸해지고 고장까지 나면서 지금과 같은 전시용 물레방아가 되고 말았다.

한편 물의 힘을 이용하는 통방아와 물레방아와는 달리 연자방아는 소나 말의 힘을 빌려 방아를 찧었다. 정미소가 들어서기 전까지만 해도 웬만한 마을마다 하나씩은 두었던 것이 연자방아였다. 지금은 사용하지 않지만, 서울에서 가까운 하남시 상사창동에도 과거 연

삼척 신리에서 볼 수 있는 물레방아(왼쪽)와
삼척 대이리에서 만날 수 있는 굴피 통방아(오른쪽).

자방아를 두고 마소를 이용해 방아를 찧던 연자맷간이 원형 그대로 남아 있다. 사실 전시용 연자방아는 흔해도, 연자맷간이 남아 있는 경우는 드물다. 이곳의 맷간은 팔각형의 초가 정자 모양을 하고 있으며, 1930년대에 마을 공동 방앗간으로 만들어졌다고 한다. 지역에 따라 연자방아는 연자매 또는 돌매방아라고도 불렀으며, 그 구조는 화강암으로 만들어진 원형의 윗돌(숫돌)과 둥글고 판판한 받침돌(암돌), 사각의 나무로 된 방아틀로 되어 있다. 연자방아 또한 다른 방아와 마찬가지로 이제는 눈요기로나 거들떠보는 신세가 된 지 오래다.

손방아 절구와 발방아, 디딜방아

인류가 달에 첫발을 내딛기 전까지만 해도 순수한 동심의 세계에서는 달나라에 최소 두 마리의 토끼가 살고 있었다. 이 둘은 절굿공이를 들고 방아를 찧고 있었는데 그것이 떡방아인지, 아닌지는 아이들마다 의견이 분분했다. 하나 분명한 것은 밤하늘의 달만 보면 아이들이 동그란 토끼눈을 하고 방아 찧는 토끼를 찾곤 했다는 것이다. 아마도 이 달나라 토끼 이야기는 절구의 쓰임이 긴요했던 옛 농경사회에서 비롯된 이야기로 보인다.

알다시피 절구는 곡물을 곱게 찧거나 양념을 잘게 바수고 빻는 도구로, 절구통과 절굿공이가 암수 한 짝이다. 만든 재료에 따라 나무절구, 돌절구, 쇠절구 등이 있었으며 공이 또한 절구의 재료를 따르는 경우가 많았지만, 가장 흔했던 것은 역시 나무로 된 것이었다. 이 절구보다 한 단계 발전한 것이 디딜방아다. 절구가 손방아라면, 디딜방아는 발방아인 셈인데 일부 지역에서는 디딜방아를 아예 '발방아'로 부르기도 한다. 디딜방아의 쓰임새는 절구보다 폭이 넓어 쌀과 보리 등의 곡물을 찧는 것은 물론 메주와 고추도 찧고, 도토리 껍질을 벗기는 데까지 썼는데 반드시 두 명 이상의 힘을 부려야 한다는 단점이 있었다.

옛날에는 방아다리가 하나인 외다리방아도 더러 있었다고 하는데, 근래까지 남아 있는 디딜방아는 대부분 양다리방아이다. 이 양다리방아는 디딜방아가 분포하는 아시아의 여러 나라 가운데서도 우리 민족만이 썼던 유일한 방아라고 한다. 디딜방아는 크게 방아채와 공이, 확으로 구분되며 공이는 나무공이와 돌공이, 우둘투둘한 쇠통을 단 쇠공이가 있었다. 그리고 방앗간 천장에는 줄을 매달아 놓았는데, 이 줄은 방아를 디딜 때 발힘을 한곳으로 모음으로써 좀 더 쉽게 디딤질을 하도록 돕는 노릇을 했다.

오랜 옛날, 방아는 절구와 마찬가지로 단순히 곡물을 찧는 도구만은 아니었다. 민간에서는 방아가 사방의 잡귀를 쫓는 주력의 상징으로 통했다. 또 음식을 주관하는 여성의 방아 찧기는 곧 출산과

무관하지 않은 것으로 방아가 다산과 풍요를 가져다 준다고 믿었다. 특히 사방의 잡귀를 쫓는다는 디딜방아는 신성한 것으로 여겨 전염병이 돌거나 가뭄이 들었을 때 이웃에서 훔쳐온 디딜방아를 마을 어귀에 세워 놓고 제를 올리기도 하였다. 이토록 신성한 것이 방아였건만, 디딜방아와 절구의 소용이 다하면서 방아의 신성성도 더불어 우리 곁에서 사라져 버렸다.

고추 빻고 콩도 갈고, 맷돌과 확독

다르르르 다르르르, 울타리 너머 할머니의 맷돌 가는 소리 들려온다. 이번 명절에는 두부라도 할 모양인지 숟가락 잡은 오른손으로는 쉴 새 없이 두부콩을 떠서 맷돌 구멍에 집어넣고, 왼손으로는 맷돌자루 잡고 뱅뱅 잘도 돌린다. 왼손이 아프면 오른손으로 바꿔 돌렸다가 다시 왼손으로. 어느 손으로 돌려도 아프기는 매한가지다. 맷돌이 돌아갈 때마다 함지박에는 허옇고 비릿한 두부콩물이 찔끔찔끔 쌓여 간다.

요즘에야 믹서기에, 분쇄기에, 방앗간이 다 있지만 옛날에는 두부콩이며, 메밀이며, 옥수수 등을 죄 맷돌에 갈아서 썼다. 그 시절이라고 기계로 돌리는 방앗간이 없었을까마는 읍내까지가 반나절이고, 방앗삯이 또 아까운지라 어머니들은 손수 번거로운 맷돌질을 자청하였다. 보통 맷돌질은 한 사람이 앉아 하지만 두 사람이 함께 돌릴 때도 많았는데 이럴 때는 호흡과 박자가 척척 맞아야 돌리는 품도 덜고, 맷돌 아귀도 빗나가지 않았다. 흔히 민가에서 썼던 맷돌은 둥글넓적한 두 개의 돌을 포갠 맷돌이 대부분이었고, 드물게 아랫돌과 매함지를 한 몸으로 만든 것도 있었다. 또 풀을 쑤기 위해 쌀알이 좀 더 곱게 갈리도록 맷돌 바닥을 매끈하게 다듬은 풀매라는 것도 따로 있었다.

이 맷돌은 제분기를 갖춘 방앗간이 곳곳에 들어서면서 서서히 사

라지기 시작했으며 가정용 믹서기와 분쇄기의 등장으로 지금은 아예 자취를 감추고 있는 형편이다. 맷돌과 비슷한 쓰임새를 했던 확독도 지금은 맷돌과 비슷한 운명에 처해 있다. 이 확독은 맷돌과 절구의 중간 형태로 보면 되는데 소량의 곡식을 갈거나 마늘, 고추 등의 양념을 찧을 때 사용하던 것이다. 확독은 매함지처럼 돌이 움푹 팬 모양이며 그 안에 사람 손아귀에 딱 맞을 만한 동그란 '풋돌'을 두어 그것으로 곡식을 갈거나 양념을 찧었다. 지금도 이 확독은 방앗간이 멀리 있는 섬 지역이나 외딴 두메마을에서 종종 볼 수 있지만, 그 운명은 이제 맷돌이나 매한가지다.

집집마다 있었던 장독대

고성 운흥사에 가면 가장 아름다운 장독대를 만날 수 있다. 흙돌담을 동그랗게 쌓아 올린 뒤 기와로 담장머리를 덮은 원형 장독대이다. 장독대에 모신 항아리라고 해 봐야 여남은 개가 전부이지만, 원형 흙돌담과 항아리가 어울려 운치를 더한다. 웬만한 절집마다 장독대가 있어도 이렇게 멋진 장독대는 정말 처음이다. 절집에서도 대개는 장독대를 뒤란에 두거나 사람들 눈에 띄지 않는 장소에 두는 게 보통이지만, 운흥사 장독대는 절집 마당 한가운데(괘불대 설치 공사로 인해 현재는 법당 뒤편으로 옮겨졌다) 자리해 이목을 끈다. 담장이 흙돌담이다 보니 여름이면 담장에 온갖 잡풀과 화초와 이끼가 자란다. 그 자체로 자연적인 멋이 더해지는 것이다.

고성 운흥사에 가면 가장 아름다운 장독대를 만날 수 있다.
흙돌담을 동그랗게 쌓아 올린 뒤 기와로 담장머리를 덮은 원형 장독대이다.

장독대는 그 집안의 살림을 대변한다. 형편이 넉넉할수록 장독대의 규모도 커지게 마련이고, 형편이 어려울수록 장독대도 조촐해진다. 하지만 조촐한 장독대일망정 간장이며 고추장, 된장 등 1년 양식을 보관하는 그곳은 집안의 보물창고나 다름없었다. 그 옛날 어머니들이 항아리를 반지르르 윤이 나게 닦으며 관리했던 것도 그런 까닭이다. 장독대는 대체로 부엌에서 가까운 뒤란에 두는 경우가 많았는데, 뒤란에 볕이 들지 않을 경우에는 마당의 양지에 장독대를 마련했다. 장독대가 있는 장소는 볕이 잘 들면서 배수가 잘 되는 곳이어야 한다. 장류를 보관하는 곳이다 보니 습한 곳을 피해야 하기 때문이다.

장독대는 단지 장류를 담은 항아리를 보관하는 장소로만 여기지 않았다. 어머니가 정화수를 떠 놓고 자식의 건강과 안녕을 기원하는 장소 또한 장독대였다. 사람들은 장독대에 자식의 건강을 돌보는 칠성신이 깃들어 있다고 믿었다. 칠성신은 따로 신체를 두지 않는 경우가 많지만, 일부 지역에서는 터주가리나 곡식을 담은 작은 항아리를 신체로 삼기도 했다. 집안 장독대에 깃든 신을 따로 철륭신이라 부르기도 했다. 옛 사람들은 이 철륭신이 장독대의 고추장이나 된장, 간장을 보호하며 집안을 복되게 한다고 믿었다. 그래서 장독대 주변의 땅은 함부로 파지 않는 금기가 있었다.

2

그 밖의 풍경들

뒷간에도
귀천이 있었네

아직도 두메산골이나 궁벽한 농촌에는 뒷간이라는 것이 있다. 말 그대로 사람이 뒤처리를 하는 공간인데, 현대적인 물내림 화장실과는 그 본새와 쓰임에 있어 다른 점이 많다. 화장실이 똥오줌을 그때그때 정화조로 보내 하천으로 흘려 보내는 곳이라면, 뒷간은 그것을 모아 두었다가 거름으로 활용하는 곳이다.

사실 뒷간은 위생적인 문제를 지니고 있음에도 지구적으로는 오히려 환경친화적이라 할 수 있다. 이런 뒷간의 위생적인 문제를 약간이나마 해결한 것이 바로 잿간이다. 잿간은 아궁이에 불을 때고 남은 재를 거두어 모아 두는 곳으로 발판처럼 부춘돌(디딤돌)을 두

개 놓아 일을 보게 만든 뒷간이다. 잿간을 둔 집에서는 냄새를 줄이기 위해 왕겨나 톱밥도 재에 섞어 놓았는데, 이렇게 하면 냄새도 줄일뿐더러 발효를 돕우는 일석이조의 효과를 볼 수 있었다. 하지만 잿간을 두기 위해서는 재가 많이 필요했으므로 옛 농가에서는 뒷간과 잿간을 함께 두는 경우가 많았다.

반면 사람의 똥을 돼지먹이로 주어 뒤처리를 하는 똥돼짓간이란 것도 있었다. 똥돼짓간이라고 하면 사람들은 제주도의 '돈통시'를 떠올릴 것인데, 전북 남원과 경남 함양, 산청 등지에서도 비교적 근래까지 똥돼짓간을 만날 수 있었다. '돼지막'이라고도 불리는 이 똥돼짓간의 구조는 위쪽에 사다리를 타고 올라가서 일을 보는 원두막 같은 것이 있고, 아래쪽에는 '똥돼지'를 가두어 키우는 마구(우리)가 있는 형태이다. 일을 보는 곳의 바닥에는 통나무나 송판 가로대가 놓여 있어서 나무 틈새로는 돼지의 움직임을 살필 수가 있었다. 돼지막의 높이는 지역에 따라 차이가 있지만, 그리 높지 않은 경우가 많았다. 해서 똥돼짓간에서 일을 볼 때 자칫 한눈을 팔다가는 낭패를 당하기 십상이었다. 과거 똥돼짓간이 흔했던 시절에는 먹이로 착각해 뛰어오른 돼지가 그만 엉뚱한 것을 물어 버린 웃지 못할 사건도 있었다고 한다.

간혹 속이 좋지 않아 설사를 할 경우도 각별히 조심해야 한다. 이

때 돼지는 매우 신경질적인 반응을 보이며 몸에 붙은 것을 털어버리는데 십중팔구 일 보던 사람이 봉변을 당하기 십상이었다. 이런 돼지의 돌출 행동을 막기 위해 마구 한편에 긴 장대를 두는 경우도 많았다. 여차하면 한 대 탁, 갈겨 주기 위한 것이었다.

한편 안동의 병산서원에 가면 모양이 특이한 달팽이형 뒷간을 만날 수 있다. 달팽이형 뒷간은 지붕이나 문을 따로 두지 않은 형태이며 마치 돌흙담이 달팽이 모양처럼 똬리를 틀어 자연스럽게 밖에서 안이 보이지 않도록 했다. 지붕을 따로 두지 않아서 비와 눈이 올 때는 그냥 맞는 수밖에 도리가 없는 구조였다. 하늘이 보이는 이 뒷간은 과거 유생들의 뒷바라지를 하던 머슴들이 사용하던 것이라는데, 유생들은 당연히 서원의 지붕이 있는 뒷간을 사용했다. 뒷간 사용에도 귀천이 있었다니 어이가 없는 노릇이다.

댓돌 위의 고무신

눈은 밤새 분간 없이 내려 외딴집 주인이 마실 가던 길 다 끊겼다. 며칠째 황소바람이 눈 떼를 몰아 문지방까지 소복이 눈을 쌓아 놓았는데 누가 벗어 놓았나, 댓돌 위의 하얀 고무신. 주인네 버선짝 대신 눈을 한 움큼 신고 있는 하얀 고무신. 해종일 있어 봐도 개 한 마리 지나가지 않는 두메에 자꾸만 눈은 자식 걱정만큼 쌓이고, 올 사람도 없건만, 이따금 주인네는 창호문 빼꼼 열어 누가 왔나, 문밖을 살핀다. “눈 참 오라지게 왔다야!”

어느 정도 나이가 있는 분들은 고무신에 대한 기억 하나쯤 다 가지고 있을 터이다. 나도 마찬가지여서 초등학교 3학년 때까지는 고무신을 신고 다닌 기억이 있다. 한번은 얼개미를 가지고 도랑에 나가 고기를 잡다가 그만 고무신 한 짝을 떠내려 보내는 바람에, 그것을 찾아 강까지 내려가기도 했다. 집에 돌아와 혼나기는 했지만 그 때문에 며칠 뒤 나는 지겨웠던 검정 고무신 대신 하얀 고무신을 신을 수 있게 되었다.

별다른 놀이기구가 없던 시절, 고무신은 훌륭한 장난감이기도 했다. 뒤꿈치 부분을 뒤집으면 빵빵, 자동차가 되었고 흙을 수북하게 담아 풀 몇 포기 심어 놓으면 멋진 고무신 화단이 되었다. 또 냇가에

서 고기를 잡을 때면 물 담은 고무신은 어항 노릇을 하기도 했다.

신어 본 사람이야 다 알겠지만 고무신이란 것이 여름에 땀이 나면 미끈거려 쉬이 벗겨지기 일쑤였고, 겨울 눈밭이라도 걸을라치면 신발 속으로 눈이 들어와 양말이 축축이 젖게 마련이었다. 그러니 나중에 운동화를 신게 된 기쁨이 오죽했을까.

사실 고무신이란 물 건너온 것이어서 온전히 우리 것도 아니지만 왠지 고향의 푸근함과 사근함이 느껴진다. 이 땅에 고무신이 들어온 것은 1910년 이후라고 한다. 짚신을 신던 사람들에게는 고무신이 참으로 질기고 편리한 신발이었다. 때문에 고무신은 순식간에 대중화되었는데, 경제 성장기를 거치면서 다시금 운동화와 구두에 밀려 짚신과 비슷한 신세가 되고 말았다. 하지만 시골 노인들 가운데는 아직도 고무신을 즐겨 신는 사람들이 더러 있다. 특히 여름에 무논에도 들어가고, 개울도 건너자면 수륙양용인 고무신이 그래도 제일 만만하기 때문이다. '신'이란 신자고 만든 것이니, 신기 편하면 그만 아닌가.

옛집에서 만나는 세간들

세간이란 집안 살림에 쓰는 온갖 생활도구와 살림살이를 말한다. 쇠붙이 연장이나 짚풀로 엮은 농기구도 당연히 세간의 하나였다. 그러니까 세간이란 사실상 집 구조물을 뺀 모든 도구들을 가리키는 말이다. 해서 따로 분가하여 살림을 차리는 것을 '세간나다'라고 했다. 세간 중에서도 가장 중요시한 것은 옛날부터 부엌세간이었다. 부엌세간은 남에게 빌리거나 빌려주지도 않았는데, 이는 아무래도 깨지기 쉬운 항아리나 그릇 종류 때문이었을 것이다. 또한 주걱 같은 경우에는 재물의 상징이나 다름없어서 남에게 빌려주면 살림이나 재물이 그만큼 줄어든다고 여겼다.

과거 농촌에서는 농한기가 되면 겨우내 사랑방에 들어앉아 온갖 생활도구를 짜고 만들었다. 짚으로는 가마니와 거적, 멍석을 짜고 억새로는 주루막이며 도롱이를 매었다. 싸리나무로는 삼태기나 채반, 광주리, 동고리, 다래끼 등을 만들었으며 나무를 깎아 여물바가지며 함지박, 절굿공이, 떡메도 만들었다. 시누대나 왕골, 부들로는 자리를 짰다. 가지 난 나무로 지게도 매고, 쳇다리도 깎고, 커다란 통나무를 도끼로 파내어 절구통이나 여물통도 만들었다.

농사를 짓는 집이 많았던 만큼 집안에는 다양한 농기구들이 있었다. 농기구는 말 그대로 농사에 필요한 연장을 가리킨다. 곡물이나 채소의 씨뿌림에서부터 땅을 갈고, 논을 삼고, 거름 주고, 매고, 거두고, 털고, 고르고, 말리고, 옮기고 담는 것까지 농기구의 종류는 그 쓰임에 따라 참으로 다종다양했다. 또한 같은 농기구일지라도 지역이나 환경에 따라 그 모양이 조금씩 달랐다. 가령 호미의 경우 옛날에는 북쪽 지역일수록 날이 크고 넓었으며 남쪽 지역일수록 날이 좁고 자루가 짧았다고 한다.

어쨌든 지금껏 옛집과 세간은 그 운명을 같이해 왔다. 산업화의 과정에서 옛집이 점차 사라지기 시작하면서 그곳에 들여놓았던 온갖 농기구와 세간 또한 그 쓰임을 잃고 버려지기 일쑤였다. 사실상 옛날의 세간과 농기구는 그 수와 종류에 있어 형편없이 줄어든 실

정이다. 당연히 세간과 농기구의 지역적 특성도 예전보다 희미해진 것이 사실이다. 옛집이 사라지면 옛 세간도 사라지고 만다. 이미 모든 것이 기계화된 첨단 문명시대에 그깟 세간쯤 사라진들 무슨 대수인가 하겠지만, 거기에는 우리의 땀과 손때와 함께 생활문화의 원형이 깃들어 있기에 그저 아쉬울 따름이다.

세간 중에 가장 중요시한 것은 옛날부터 부엌세간이었다.
부엌세간은 남에게 빌리거나 빌려주지도 않았는데,
이는 아무래도 부엌세간이
깨지기 쉬운 항아리나 그릇 종류였기 때문이다.
지금껏 옛집과 세간은 운명을 같이해 왔다.
산업화의 과정에서 옛집이 점차 사라지기 시작하면서
세간 또한 그 쓰임을 잃어 갔다.

왼새끼가
악귀를 쫓는다

옛날에는 새끼를 꼬는 일이 흔했다. 짚신을 삼을 때도 새끼를 꼬는 것이 기본이었으며 가마니를 짜거나 이엉을 엮고, 금줄을 칠 때도 당연히 새끼줄을 꼬아 썼다. 게다가 합성수지로 된 밧줄이 나오기 전까지 대부분의 밧줄 노릇은 새끼가 담당하였다. 그러다 보니 가을 추수가 끝나고 나면 농가에서는 한 해 동안 쓸 새끼를 미리 꼬아 놓을 때가 많았다. 흔히 새끼를 꼴 때는 오른새끼라 하여 오른손을 바깥쪽에, 왼손을 안쪽에 대고 비벼서 꼬는 게 보통이지만, 금줄을 걸기 위한 새끼는 반드시 왼새끼로 꼬았다. 왼새끼가 악귀를 쫓는다고 믿었기 때문이다.

그러나 합성수지 밧줄과 비닐 끈이 농가에 널리 보급되면서 새끼줄은 점점 그 기능을 잃기 시작했고, 더욱이 짚만 집어넣으면 자동으로 새끼를 꼬아 주는 기계까지 등장하면서 일일이 손으로 새끼를

꼬는 풍경은 좀처럼 만나기 어려운 풍경이 되었다. 몇 해 전부터 마을 단위로 짚풀 공예를 하는 곳이 늘어남에 따라 손 새끼 꼬기의 명맥이 근근이 이어지고는 있지만, 일상생활에서는 새끼줄이 이미 퇴출당한 지 오래 되었다. 아무래도 새끼줄이란 것이 짚을 꼬아 만드는 탓에 비닐 끈이나 합성수지의 질김을 당할 수는 없는 노릇이었을 것이다.

새끼 꼬기와 더불어 사라져 가는 또 하나의 풍경이 이엉 엮기다. 이엉이란 초가집 지붕이나 토담 지붕을 이기 위해 엮은 짚 묶음을 말한다. 이것을 둥글게 말아 놓은 것을 마름이라고 하며 초가집 용마루에 덮는 이엉을 따로 용마름이라 부른다. 용마름은 다른 이엉과 달리 양쪽에 나래(날개)를 단 모양인데, 가운데는 양 나래를 틀어 엮어 매듭을 지었다.

과거 초가지붕에는 보통 예닐곱 층의 이엉이 겹쳐 있게 마련이었는데, 1년에 한 번씩 지붕을 교체할 때면 맨 위의 한두 층만 걷어 내고 새 이엉을 얹는 것이 일반적인 방법이었다. 그러나 이엉을 엮고, 올리는 모습은 초가집과 함께 사라지기 시작해 요즘에는 몇몇 민속촌과 도서 지방의 낡은 초가에서나 만날 수 있는 풍경이 되었다.

사랑방 노인들의 짚신 삼기

요즘도 상갓집에 가면 문밖의 사자밥상에 짚신을 올려 놓은 모습을 볼 수가 있다. 이는 망자를 데리러 온 사자가 저승으로 돌아갈 때 짚신을 신고 편히 가라는 의미가 담겨 있다. 또한 초상이 나면 상주는 '엄짚신'이라 하여 성글게 삼은 짚신을 신었는데, 부모를 보낸 죄인이 좋은 짚신을 신는 것은 도리가 아니었기 때문이다. 옛날 민간에서는 돌림병이 돌 때 대문 기둥에 짚신을 매달아 병마가 들어오는 것을 막았다고 한다. 짚신의 촘촘한 날이 병마의 출입을 막는다고 여겼던 것이다.

오랜 옛날부터 짚신은 서민의 가장 보편적인 신발이었다. 일반 서민이 가죽신이나 나막신을 신는다는 것은 있을 수 없는 일이었고, 고급 짚신이었던 왕골신이나 미투리도 양반네가 아니면 신을 수가 없었다. 지금이야 짚신을 신는 사람이 없지만 짚신을 삼는 일은 여전히 그 명맥을 유지해 오고 있다. 지금도 하동과 청송, 인제와 영월, 무주 등의 몇몇 마을에서는 농한기 부업으로 틈틈이 짚신을 삼아 가욋돈을 번다. 특히 경남 하동 땅 신기리라는 마을은 60여 가구 가운데 20여 가구가 짚신을 삼아 주변에서 짚신마을로 불리고 있다. 찾는 사람이 있으니 만드는 것인데, 요즘에는 대부분 상갓집으로 나가거나 장식용으로 팔려 나간다고 한다.

손이 많이 가는 짚신 삼기는, 가장 먼저 짚을 물에 축이고 틀거리가 될 새끼를 꼬아 놓는 것으로 시작된다. 이렇게 꼬아 놓은 새끼를 신틀에 걸어 뜨개질하듯 앞축부터 삼아 나가며 촘촘하게 신총을 내고, 계속해서 신바닥과 돌기총(올개총)을 삼고, 뒤축(뒤꼬마리)을 앉힌 뒤 신꼬랭이(신끈)를 꼬고, 갱기치기(감치기 과정)를 하게 된다. 마지막으로 신틀에 나막신처럼 생긴 신골(짚신의 모양을 내기 위해 짚신 안에 넣는 나무토막)을 넣고 골망치(나무망치)로 두드려 신발 모양을 내면 일단 짚신 삼기가 끝난다. 이어 하는 일은 도리뱅이를 치는 과정으로 짚신 한 죽(열 켤레)을 한 꾸러미씩 잡아매는 일을 '도리뱅이 친다'고 하였다.

그 옛날 농촌에서는 어느 집이건 일삼아 짚신을 삼았다.
짚신이란 것이 말이 신발이지
며칠만 신고 나다니면 금방 해지기 때문에
농한기 때면 되도록 많은 짚신을 삼아 놓을 필요가 있었다.

그 옛날 농촌에서는 어느 집이건 일삼아 짚신을 삼아야 했다. 짚신이란 것이 말이 신발이지 며칠만 신고 나다니면 금방 해지기 때문에 농한기 때면 되도록 많은 짚신을 삼아 놓을 필요가 있었다. 그 종류도 많아서 일반적인 짚신에서부터 대충 만든 막치기, 삼과 짚을 섞어 만든 미투리, 왕골로 삼은 왕골신, 장화처럼 생긴 노파리, 물감을 들인 꽃신 등이 모두 짚신의 종류였고 삼으로 삼은 삼신, 나무껍질로 만든 무쿠리, 칡넝쿨로 만든 청올치도 짚신과 똑같은 방법으로 만들었다.

학계에서는 우리 민족의 신발이었던 짚신의 역사가 약 2천여 년 전에 시작된 것으로 보고 있다. 삼국시대 이전부터 이미 짚신이 있었다는 얘기다. 그러나 이처럼 오랜 역사를 자랑하는 짚신도 이제는 의식용이나 장식용으로 그 명맥을 유지하고 있을 뿐이다. 다행히 그렇게라도 남아 쓰이는 바람에 짚신 만들기의 명맥도 간신히 유지되고 있는 셈이다.

눈밭 덧신 설피와
전통 스키 설매

켜켜이 눈 쌓인 길에서 맥없이 푹푹, 발목이 빠진다. 이런 눈밭에서는 십리길이 하룻길이다. 더욱이 가도 가도 사람 사는 집 한 채 만날 수 없는 두메에서는 모처럼의 눈밭 나들이가 적잖은 고행길이다. 이쯤 되면 설피 생각이 절로 난다. 설피! 눈신을 일컫는 말이다. 옛날 강원도의 두메마을에서는 한번 폭설이 내리고 나면 보름 넘게 길이 끊겨 싫든 좋든 고립무원 생활을 할 때가 많았다. 이때 산마을 사람들은 설피를 신고 마실을 다니거나 꿩 사냥이며 토끼몰이를 했다.

그냥 다니면 푹푹, 빠질 곳도 설피를 신으면 조금밖엔 빠지지 않

아 이동이 자유로웠기 때문이다. 설피는 신발을 신은 채로 덧신는데, 그 모양은 타원형이고 크기는 보통 신발의 서너 배였다. 바닥에는 발받침을 대거나 얼기설기 삼끈을 팽팽하게 매서 신발이 눈에 빠지지 않도록 했다. 설피를 신지 않고는 움직일 수 없을 정도로 눈이 많이 온다는 인제 땅의 설피밭에서 만난 이이락 씨에 따르면, 설피는 주로 다래덩굴이나 칡덩굴, 노간주나무를 불기운에 구부려 만든다고 한다. "끈은 삼끈을 써요. 옛날에는 곰 가죽으로 끈을 만들었다고 하는데, 지금 곰 가죽이 어디 있나요." 이런 설피는 강원도를 비롯해 경북 북부 지역과 울릉도에도 비교적 최근까지 남아 있었지만, 두메마을까지 포장도로가 뚫리고 겨울 사냥을 할 수 없게 되면서 하나둘 그 모습을 감추었다.

한편 강원도에서는 '설매'라는 것도 만날 수 있다. 설매란 나무를 스키처럼 길게 깎아 앞축을 구부려 만든 전통 스키인데, 옛날에는 지게 작대기를 지팡이 삼아 설매를 탔다고 한다. 하지만 스키가 들어오면서 설매 또한 전시용 골동품이 되어 버린 지 오래다.

이런 식으로 자취를 감춘 또 하나의 물건이 발구라는 것이다. 이것은 울릉도와 경북의 산간지역에서 쓰던 운반용 썰매로 겨울 땔감을 실어 나를 때 주로 쓰였다. 조립식인 이 발구의 바닥은 나무 썰매, 위는 수레의 모양을 하고 있다. 과거 울릉도에서는 유난히 눈이 많이 오는 탓에 발구를 끌고 산에 올라 나뭇짐을 가득 싣고 썰매 타듯 내려오는 풍경이 흔했다고 한다. 물론 아이들에게 발구는 겨울 놀이기구나 다름없었는데, 그 위에 서너 명씩 올라앉아 비탈길을 미끄러져 내려오던 모습은 울릉도만의 낭만적인 풍경이었다.

강이 얼면
앉은뱅이 썰매타기

1996년으로 기억한다. 정선 몰운대로 가는 길에 얼음배를 타고 노는 아이들을 만난 적이 있다. 아이들은 저마다 한 손에 긴 작대기를 들고 있었는데, 이것이 녀석들에게는 삿대나 다름없었다. 한 아이가 막 갈라지기 시작한 얼음 조각을 작대기로 밀어 그 위에 찰방, 올라타자 또 다른 아이도 그 옆의 얼음배를 밀어 제법 사공 시늉을 냈다. 배도 아닌 것이, 그렇다고 뗏목도 아닌 것이 아이들을 한 명씩 태우고 개울을 미끄러져 내려가는 얼음배들.

사실 이 얼음배 타기는 얼음이 풀릴 무렵에나 가능한 놀이다. 얼음이 풀려 커다란 얼음 조각이 생기면 그것을 떼어 내 뗏목처럼 올라타는 것이다. 그 크기와 강도는 한 아이가 간신히 타서 가라앉지 않을 정도인데, 문제는 배 위에서 오랜 시간을 버틸 수 없다는 것이다. 얼음이 이제 막 풀릴 때쯤이어서 사람을 오래 태우고 있기에는 배가 너무 허술하고 위험하기 때문이다. 그것도 모른 채 무턱대고 얼음배에 올랐다간 물에 첨벙 빠지는 낭패를 당하기 쉽다. 그 시절 산골 아이들에게 개울은 놀이터나 다름없었다.

15년 전인가, 영월을 여행하다 한 무리의 아이들이 꽁꽁 언 개울에서 앉은뱅이 썰매를 타는 걸 본 적이 있다. 어린 시절에 겨울이면 일삼아 즐겼던 놀이였기에 한참이나 그 광경을 지켜보았다. 그런데

보아하니 썰매 지팡이를 짚는 것도 엉성했고, 썰매도 겨우겨우 앞으로 나갈 정도였다. 사실 앉은뱅이 썰매를 타는 데도 요령이 필요하다. 양반자세로 앉기보다는 쪼그려 앉은 자세가 썰매를 타는 데는 훨씬 유리하다. 이렇게 해야 지팡이를 짚은 양팔에 힘이 들어가서 썰매도 추진력을 얻을 수 있는 것이다. 아랑곳없이 앉은뱅이 썰매를 타는 아이들은 하하 호호, 즐겁기만 했다. 그들에게 영하 15도의 추위쯤은 문제가 될 게 없었다.

옛날에는 마을의 공터에서 구슬치기, 자치기, 팽이치기를 하는 아이들을 보는 게 흔한 광경이었다. 언덕에서 연을 날리거나 개울에서 앉은뱅이 썰매를 타는 모습도 마찬가지였다. 하지만 이제는 시골에서조차 밖에서 노는 아이들을 만나기가 쉽지 않다. 일단 시골에 아이들이 거의 없을뿐더러 있다고 해도, 집 안에 들어앉아 휴대폰이나 컴퓨터 게임으로 썰매를 대신하기 때문이다. 그러고 보면 옛날 시골 아이들의 놀이에는 분명 운치와 낭만이 있었다. 자연을 온몸으로 느끼고, 보듬으면서 함께 호흡하고 어우러지는 멋이 있었다. 하지만 시대는 분명 변했고, 오늘날 아이들에게 무조건 그것을 강요할 수는 없는 일이다.

닭의 보금자리,
닭둥우리

과거 변변한 시계조차 없던 시절에 홰를 치며 '꼬끼오' 하고 울던 수탉은 우리에게 긴요한 알람시계요, 괘종시계나 다름없었다. 수탉의 울음이 새벽을 알렸으므로 민간에서는 수탉이 울면 밤중에 왔던 귀신도 돌아가고, 산짐승도 다시 산으로 돌아간다고 믿었다. 새벽을 알리는 영물이요, 귀신을 쫓는 길조인 까닭에 닭은 혼례나 굿과 같은 중요한 행사 때마다 빼놓을 수 없는 재물로 올랐고, 백년손님인 사위에게도 아끼던 씨암탉을 내놓았다.

먹을거리로도 닭은 소나 돼지만큼이나 우리 민족이 즐겨 먹던 음식인데, 요즘에는 순수한 혈통을 지닌 토종닭을 만나는 것조차 쉽지 않은 시대가 되어 버렸다. 본래 우리 토종닭은 외국산에 견주어 몸집이 작은 반면 당차고 번식률이 높은 것으로 알려져 있다. 털빛은 주로 검정과 갈색, 다리는 회백색과 황색을 많이 띠었는데 옛날에는 그 종류 또한 많아서 땅이름을 그대로 딴 파주닭, 나주닭, 무안닭, 보은닭을 비롯해 오골계와 투계도 따로 있었다.

그러나 외국산 닭이 대량으로 들어오면서 얼마 남지 않은 토종닭은 점차 지역적 순종의 특성이 사라져 오늘날과 같은 잡종의 모습으로 바뀌고 말았다. 여기서 재미있는 사실은 토종닭의 순종이 사라지기 시작하면서 덩달아 사라진 것이 닭둥우리라는 것이다. 이른바 외국산 닭을 키우는 대형 양계장이 곳곳에 생겨나면서 굳이 집집이 닭을 기르지 않아도 싼값에 닭고기를 맛볼 수 있게 되었고, 그로 인해 소량으로 키워 왔던 토종닭의 씨가 마르기 시작하면서 토종닭을 지켜 주던 따뜻한 보금자리인 닭둥우리도 더 이상 필요 없게 된 것이다.

시골에서 어린 시절을 보낸 사람이라면 한두 번쯤 이런 기억이 있을 것이다. 암탉이 알을 낳고 꼬꼬꼬꼬, 울어 대면 어머니 몰래 닭둥우리를 뒤져 달걀을 훔쳐낸 뒤 톡톡 알을 깨고 몰래 입안에 털어 넣던 일. 그러나 암탉이 알을 낳는 것은 빤한 일이어서 아무리 시치미를 뗀다 해도 어머니가 그것을 모를 리 없었다. 대부분은 알

고도 모르는 척 넘어가기 일쑤였지만, 때때로 날을 잘못 잡아 명절을 앞두고 달걀 서리를 하다가 공연히 어머니에게 매타작을 벌기도 하였다. 그 시절 달걀은 아주 귀한 것이어서 집안에서는 이를 짚으로 된 달걀 꾸러미나 쌀독 안에 신주 모시듯 보관해 오다 생일이나 명절에 곶감 빼 오듯 꺼내 와 밥상에 올렸다. 토종닭이며 닭둥우리가 사라져 가는 요즘으로서는 그것도 까마득한 옛 풍경이 되었다.

씨앗 바구니,
다래끼와 종다래끼

종다래끼를 매고 씨 뿌리는 풍경은 이제 농촌에서도 낯선 풍경이 되었다. 하긴 요즘에는 종다래끼 말고도 씨앗 담을 만한 그릇이 얼마든지 있지 않은가. 종다래끼는 다래끼보다 훨씬 작은 씨앗 바구니로 싸릿가지나 짚을 멱서리(곡식 담는 그릇) 짜듯 엮어서 만든다. 대체로 이것은 바닥보다는 아가리를 좁게 만드는데, 아가리 양쪽에는 끈을 달아 어깨에 메거나 허리에 차도록 했다. 종다래끼는 말 그대로 씨앗 바구니지만 씨앗을 보관하는 씨오쟁이와는 다른 쓰임을 가지고 있었다. 씨오쟁이가 저장용이라면, 종다래끼는 파종용에 속했다.

또한 사촌지간인 다래끼와도 그 쓰임이 달랐다. 다래끼가 주로 옥수수나 감자, 고추 등을 거두는 도구였다면, 종다래끼는 콩이나 팥, 옥수수 등의 씨앗을 담아 뿌리는 노릇을 했다. 하지만 농사가 기계화되고 대형화되면서 다래끼나 종다래끼의 쓸모는 점점 줄어들고 있다. 해서 요즘의 농가에 가 보면 흙벽에 걸린 채 잿빛으로 낡아 가는 다래끼들을 흔하게 볼 수 있다. 때로는 화려한 변신을 해서 카페나 음식점에 장식용으로 내걸리는 경우도 많지만, 모든 물건은 그 쓸모를 다할 때 가장 '어여쁜' 것이다.

오래전, 단양 땅을 여행하다 어상천 임현리라는 곳에서 우연히 종다래끼를 허리에 차고 씨를 뿌리는 할머니를 만난 적이 있다. 칠순이 넘은 나이에도 혼자 농사짓고, 품앗이하며 살고 있다는 김귀석 할머니다. "이래 찌지한 거 콩팥 해 가지구는 돈두 안 뒤여. 그래두 어떡해. 나 해 믹일 놈이 없으니 죽으나 사나 꿈직이야 되지." 종다래끼에서 콩알을 한 조막 꺼내 구덩이마다 몇 알씩 묻고는 흙을 다독이는, 그 옛날 그렇게 흔했던 풍경이 왜 그리도 슬프고 거룩해 보였던지…….

종다래끼는 다래끼보다 훨씬 작은 씨앗 바구니로,
싸릿가지나 짚을 멱서리 짜듯 엮어서 만든다.

쓰임 많았던 그릇,
바가지

옛말에 '여자 팔자 뒤웅박 팔자'라는 말이 있다. 어떤 남자를 만나 사느냐에 따라 팔자가 달라진다는 말인데, 이는 가부장적 사회에서 여성을 비하하고 괄시하는 말이었다. 본래 뒤웅박이란 박을 반으로 쪼개어 만드는 다른 바가지와는 달리 꼭지 부분에 주먹만 한 구멍을 뚫어 속을 비워 내고, 그 안에 곡식 등을 담는 일종의 씨바가지다. 이 뒤웅박에 어떤 집에서는 쌀을 담고, 어떤 집에서는 보릿겨를 담는 등 형편에 따라 뒤웅박의 팔자가 완전히 달랐다. 하지만 보편적으로는 내년에 뿌릴 씨앗을 보관하는 씨오쟁이 노릇이 가장 컸다.

그런 점에서 뒤웅박은 농가에서 결코 괄시의 대상이 아니었다. 오히려 씨앗이 담긴 뒤웅박을 바람이 잘 통하는 마루나 헛간 기둥에 끈을 매달아 소중히 보관했다. 이는 쥐나 벌레의 침입을 막기 위한 것이었는데, 애당초 구멍을 작게 만든 까닭도 그 때문이다.

우리말에 '바가지 긁는다', '바가지 썼다'처럼 바가지는 언어 습관에서 좋지 않은 뜻으로 많이 사용되어 왔으나 농경사회였던 과거에는 바가지가 매우 긴요하고도 쓰임이 많았던 생활도구였다. 씨앗을 저장했던 것은 기본이고, 밥이나 반찬을 담거나 술이나 물을 떠 마농경사회였던 과거에는 바가지가 매우 긴요하고도 쓰임이 많았던 생활도구였다.
씨앗을 저장했던 것은 기본이고 밥이나 반찬을 담거나 술이나 물을 떠 마시고,
곡물을 퍼내거나 되질을 할 때에도 바가지를 썼다.

시고, 곡물을 퍼내거나 되질을 할 때에도 바가지를 썼다. 나락이 익어갈 때쯤에는 논두렁에 나가 시끄럽게 바가지를 두드려 새를 쫓기도 했다. 또 민간에서는 사람이 죽어 관을 옮길 때 문 밖에 엎어 놓은 바가지를 깨뜨리고 나가는 풍습이 있었다. 바가지 깨지는 소리가 잡귀를 물리친다고 여겼던 것이다.

쓸모가 많았던 만큼 바가지는 그 종류도 다양했다. 뒤웅박이 씨오쟁이 노릇을 했다면, 조롱박(표주박)은 물을 떠 마시는 용도로 썼다. 또 깊은 우물에서 물을 길어 올릴 때는 나무와 대로 긴 자루를 매단 두레박을, 쇠죽이나 여물을 떠낼 때는 이른바 나무로 깎아 만든 쇠죽바가지를 이용했다. 뒤웅박이나 물바가지, 쌀바가지, 표주박 등은 모두 박을 켜서 속을 드러낸 뒤 만들었고 두레박이나 쇠죽바가지는 나무를 깎거나 송판을 짜서 만들었다.

이렇게 다양하고 긴요한 쓰임새 때문에 옛날에는 바가지가 깨어져도 태우지 않는 금기가 있었다. 그러나 그렇게 쓸모가 많았던 바가지도 대량으로 쏟아져 나오는 플라스틱 바가지와 일회용 그릇을 감당할 수는 없었다. 점차 바가지가 사라지기 시작하면서 단출한 초가지붕에 박넝쿨이 얹혀 있는 정겨운 모습도 덩달아 볼 수 없게 되었다.

방 안에서 쫓겨난 등잔

어린 시절 등잔 밑에서 몽당연필 꾹꾹 눌러 가며 숙제를 하노라면, 어머니는 옆에서 구멍 뚫린 양말이며 맨드라미색 속옷을 늘어놓고 바느질을 하셨다. 지금 생각하면 그 어둠침침한 등잔살이를 어찌 견뎠을까 싶다가도 공연히 그때의 일들을 심지 돋우듯 추억처럼 되새기며 흐뭇해질 때가 있다. 숙제를 다 하고 나면 언제나 콧구멍에 시커먼 심지 그을음이 앉았던 어린 날의 등잔살이. 좀 더 밝게 하려고 등잔 심지를 길게 빼 놓으면, 석유 한 방울이라도 아끼려는 어머니가 어느새 심지를 도로 짤막하게 해 놓곤 하던…….

궁벽했던 우리 마을에 처음 전깃불이 들어온 것은 내가 초등학교 4학년 때였다. 천장에 대롱대롱 매달린 똑딱이 단추 같은 스위치를 꾹 누르자 형광등 불빛이 대낮처럼 환하게 방 안을 밝혔다. 등잔불만 켜 놓고도 어두운 줄 모르고 살다가 전깃불이란 것을 보니 그렇게 밝을 수가 없었다. 하여 그 순간부터 방 한가운데를 차지하고 있던 등잔은 천덕꾸러기 신세가 되어 헛간으로 쫓겨나고 말았다. 모르긴

해도 다른 집들의 등잔도 대부분 이와 같은 까닭으로 방 안에서 쫓겨났을 것이다.

이제는 유물이 되어버린 등잔은 재료에 따라 나무, 토기, 사기, 철 등이 있었으나 근래까지 가장 많이 사용했던 등잔은 사기로 된 것이었다. 한지와 솜 따위의 심지꽂이를 한 등잔이 바로 그것으로 위에는 심지를 꽂은 뚜껑이, 아래쪽엔 손잡이가 달린 기름 넣는 잔이 한 쌍이었다. 반면 등잔대는 나무로 된 것이 대부분이었다. 등잔대는 크게 등잔받침, 대, 밑받침으로 나뉘었으며 밑받침은 재떨이의 노릇을 할 수 있도록 홈을 파 놓는 경우가 많았다. 본래 전통적인 등잔은 기름을 담은 접시 모양의 그릇에 달랑 심지를 올려 불을 붙이는 방식이었는데, 일제시대를 거치면서 심지를 꽂은 사기 등잔이 생겨났다고 한다.

보통 등잔에는 외심지를 썼지만, 환하게 불을 밝히기 위해 간혹 쌍심지를 켜기도 하였다. 옛말 가운데 '눈에 쌍심지를 켠다'는 말은 바로 여기에서 비롯된 말이다. 그러나 어쩐지 요즘 시대에는 '쌍심지를 켠다'는 말이 별로 와닿지가 않는다. 무엇보다 등잔이란 것을 아예 볼 수 없을뿐더러 심지에 불을 켜는 모습은 더더욱 구경도 못해 봤으니 가슴에 와닿지 않는 것이 어쩌면 당연하다.

설날에 조리를 걸면
복이 들어온다

우리 풍속에는 음력 정월 초하룻날이나 대보름날이 되면 집 안에 조리를 새로 걸어두는 풍습이 있었다. 이렇게 하면 집 안으로 복이 들어오거나 복이 일어난다고 여겼다. 조리는 본래 쌀을 이는 데 쓰이지만, 복이 쌀 일 듯 일어나라는 바람에서 조리를 걸어 두었던 것이다. 초하룻날 거는 조리를 특별히 '복조리'라 불렀던 것도 그 때문이다.

과거에는 새해 첫날이 밝으면 마을마다 복조리를 팔러 다니는 사람들을 흔히 볼 수 있었다. 복조리를 일찍 사서 걸어둘수록 복도 일찍 들어온다는 속설이 있어서 옛날 사람들은 초하룻날 새벽부터 잠을 설치며 복조리 돌리는 사람을 기다리곤 하였다. 이 복조리 장수는 전문 장사꾼이라기보다는 마을의 청년이나 부녀회 회원이 대부분이었다. 마을에서 만든 복을, 마을에 돌림으로써 복이 마을에 돌아다니기를 바라는 마음에서였다.

새로 사서 걸어 둔 조리에는 건강과 복을 비는 마음에서 실과 성냥 등을 담아 두기도 했는데, 한 해가 지나면 이를 태우고 새로운 조리를 걸어 새로운 복을 기다렸다. 그러나 이제는 새해 아침이 밝

아도 복조리를 돌리는 사람이나 복조리를 사려는 사람을 아예 볼 수가 없다. 언제부턴가 우리는 마음에서 그렇게 스스로 복을 멀리하고, 이를 기다리는 것을 미신으로 여기고 있는 게 분명하다.

더구나 최근에는 복조리마저 중국산이 판을 치고 있다. 산청군 중산리 복조리마을에서 만난 이정구 씨에 따르면, 요즘 중국산 복조리가 대량으로 수입되는 바람에 복조리마을에서 만드는 전통 복조리 값이 말이 아니라고 한다. "그전에는 동네가 싹 다 만들었다 아입니까. 근데 이제는 이것도 사양길이 돼 가꼬, 참 힘듭니다." 복조리까지 중국산이 들어와 점령할 줄은 이들도 생각조차 못한 일이다. 물론 모양이나 품질을 보면 중국산과 우리 전통 복조리는 비교도 안 된다. 한눈에 척 봐도 중국산은 조잡하기 이를 데 없다. 그런데도 이런 복조리를 버젓이 걸어 놓고 복을 기다리는 사람들이 있으니, 거기에 어떤 복이 들어올지 자못 궁금하다.

'까불다'는 말 여기서 왔다,
키

"요놈의 쭉정이, 껍데기 다 날아가라. 콩이야, 팥이야 알곡만 남고 필요 없는 놈들 다 날아가거라." 허리 굽은 할머니가 햇살 소복한 양지에 웅크린 채 키를 까부르신다. 위로 아래로 키를 흔들 때마다 매캐한 검불, 먼지 다 흩날리고 끝까지 남은 알곡들만 함지박에 쏟아진다.

과거 가을걷이가 끝난 농촌에서 흔히 만날 수 있었던 키질하는 풍경도 이제는 추억의 풍경이 되어 가고 있다. 키질이란, 말 그대로 키를 가지고 알곡을 까부르는 일인데 보통 콩이나 팥, 동부와 같이 굵은 알곡을 고를 때 키를 썼다. 키에 검불과 잔돌이 섞인 알곡을 한 바가지씩 놓고, 위에서 아래로 까붐질을 하면 가벼운 껍데기나 먼지는 날아가고, 잔돌과 쭉정이 등은 키 앞머리에, 알곡은 우묵한 뒤편 홈에 몰리게 된다.

말이야 쉽지만, 키질에도 요령이 있어 그냥 무턱대고 흔들어 대다가는 성한 알곡까지 튕겨져 나가기 십상이다. 그 요령이란 상하로 키를 까부르는 틈틈이 좌우로 약간씩 흔들며 키의 허리께를 손으로 살짝살짝 쳐 주는 것이다. 그래야 잔돌이나 쭉정이가 앞으로 몰리기 때문이다. 또 검불이나 먼지만 있고 흙이나 돌이 섞이지 않았을 때는 키질하는 방법도 달라졌는데, 이때는 바닥에 멍석을 깔고 알곡이 든 키를 높이 올려서 비스듬하게 기울이면 된다. 그러면 무거운 알곡은 발아래 떨어져 쌓이고, 가벼운 먼지와 검불만 바람에 날려가게 된다. 하지만 키질은 무엇보다도 경험이 가장 큰 요령이어서 힘만 믿고 까부는 젊은 애들이 할머니의 솜씨를 따라오기란 애당초 힘든 일이다.

일반적으로 키는 버들가지나 산죽을 엮어 만든다. 만드는 이에 따라 그 엮음 솜씨와 크기는 다르지만, 삼태기처럼 우묵하게 팬 모양은 어느 지역이나 똑같았다. 사실 키라는 것은 알곡을 까부르는 데만 쓰인 것은 아니다. 과거에는 어느 집안이나 있게 마련이었던 오줌싸개 아이들에게 이 키를 씌어 소금을 얻어 오게 하였다. 딱히

키질이란 말 그대로 키를 가지고 알곡을 까부르는 일인데,
보통 콩이나 팥, 동부와 같은 굵은 알곡을 고를 때 키를 썼다.
'까불다'라는 말도 여기에서 비롯되었다.

소금이 필요해서가 아니라 창피를 주려는 것이었는데, 그것을 알리 없는 오줌싸개 아이는 키를 쓰고 남의 집 대문을 기웃거리다 종국에는 타닥타닥, 부지깽이 타작께나 맞아야 했다. 하긴 키를 쓰고 동네를 한 바퀴 돈다는 것이 '나 오줌 쌌소' 하고 동네방네 알리는 꼴이었으니 창피를 당할 것은 뻔한 일. 알고 보면 이웃에서도 아이의 오줌 싸는 버릇이 고쳐지기를 바라는 뜻에서 요란하게 부지깽이 타작을 하고, 부정 타지 않게 소금까지 뿌렸던 것이다.

우리말에 '까불다'라는 말이 있다. 경망하게 행동하거나 촐싹대는 모양을 일컫는 말인데, 이 말도 키질의 '까부르다'에서 온 말이다. 팔랑팔랑 키질하는 모양도 모양이거니와 키질을 하게 되면 검불이나 쭉정이가 마구 튀는 것이 사람의 경망한 행동을 닮았다고 보았던 것이다. 민간에서는 집 문을 향해 키질하면 재물과 복이 다 날아간다고 여겨 키질을 할 때면 언제나 바깥에 대고 까불렀다. 사람을 향해 키질하는 것도 마찬가지 까닭으로 금기시하였다. 이는 복이 달아날 것을 염려한 금기이기도 했지만, 건강한 생활을 위한 금기이기도 했다. 상식적으로 먼지나 검불이 방 안에 날아들어 좋을 것은 없었을 테니까.

호롱기 탈곡과 도리깨질

탁타닥 탁타닥 탁탁, 가을 깊은 마을에 산골의 적막을 깨고 들려오는 소리. 다름 아닌 도리깨질 소리다. 요즘에도 깊은 산골이나 외딴마을에 가면 낮은 담장을 넘어 장단을 맞추듯 탁하면 타닥, 하는 도리깨질 소리를 종종 들을 수 있다. 탈곡기가 보급되기 전까지만 해도 농촌에서 가장 흔한 타작도구는 도리깨와 홀테라는 것이었다. 홀테가 주로 쌀과 보리 이삭을 훑는 데 쓰였다면, 도리깨는 콩이나 팥, 메밀처럼 대체로 굵직한 알곡을 터는 데 쓰였다. 홀테는 통나무에 톱니처럼 생긴 쇠심을 여러 개 박아 이삭을 훑어 내게끔 만든 것이고, 도리깨는 긴 장대 끝에 '도리깨아들'이라고 불리는 일정한 길이의 나무(휘추리라고도 함)를 여러 개 꿰어 그것을 휘돌리면서 바닥에 놓인 알곡을 털어 내게끔 만들었다. '장부'라고도 하는 도리깨 장대는 보통 대나무로 만들었지만 대나무가 나지 않는 지역에서는 물푸레나무를 쓰기도 하였고, 휘추리로는 대개 닥나무가 많이 쓰였다.

보통 도리깨질은 혼자 하는 외도리깨질보다 둘이서 하는 쌍도리깨질이 많았는데 이 쌍도리깨질을 할 때는 아무래도 척하면 탁, 장단 맞추는 요령이 필요했다. 이는 도리깨가 서로 맞부딪치지 않게 하려는 것이었지만, 은연중에 장단을 맞춤으로써 노동의 고역을 덜기 위함이기도 했다. 마찬가지로 휘추리를 휘두를 때도 요령이 필요했다. 도리깨를 하늘로 치켜올리는 순간, 힘을 뺐다가 저절로 내려오는 반동을 이용해 마지막에 힘을 실어 주어야 오랫동안 지치지 않고 도리깨질을 할 수 있었다. 그저 개구리 패대기치듯 힘자랑만 해서는 금세 어깨며, 허리가 결리고 아팠기 때문이다.

이 도리깨질의 고역을 어느 정도 해결해 준 것은 이른바 '호롱기'라 불리는 탈곡기가 등장하면서부터이다. 호롱기는 술통처럼 둥그런 탈립통(급동)에 뾰족한 손톱 모양의 굵은 철사(급치)를 촘촘히 박아 그것을 돌려서 알곡을 털어 내는 족답식 탈곡기라 할 수 있다. 현대적인 동력식 탈곡기와는 달리 사람이 발판을 밟아서 탈립통을 돌리는 근대적인 탈곡기인 셈이다. 지금이야 탈곡에서부터 선별까지 하

쌍도리깨질로 장단을 맞추며 콩타작을 하는 모습(위).
주로 쌀과 보리 이삭을 훑을 때 사용하는 홀테(오른쪽 위).
탈립통을 돌려서 알곡을 털어 내는 족답식 탈곡기, 호롱기(오른쪽 아래).

는 콤바인이 널리 쓰이고 있지만, 1970년대까지 이 호롱기는 없어서는 안 될 농가의 재산목록 1호나 다름없었다.

호롱기라는 이름은 탈곡을 할 때 나는 소리가 '호롱호롱' 들린다는 데서 비롯한 것인데, 충청도 일부 지역에서는 그 소리가 '와랑와랑' 들린다고 해서 그 이름을 그냥 소리 나는 대로 '와랑와랑'이라 부르기도 했다. 도초도에서 만난 박경협 노인은 이것을 '아롱기'라고 불렀다. "전에는 이것으로 다 했는디 지금은 다 읎아 버리고 인자 나만 히야. 옛날에는 대나무에 쇠를 박아 베를 훑어서 힜어. 그라다가 요렇게 손구락맹키로 생긴 홀테란 놈을 가지고 허다가 요것은 왜정 때부텀은 힜어."

이 호롱기 탈곡을 할 때는 두 명 이상이 달라붙는 게 보통이었는데, 한 명이 탈립통에 볏단을 대고 발판을 밟으면 다른 한 명은 볏단을 집어 주거나 탈곡기 앞에 쌓인 지푸라기를 걷어 내는 노릇을 했다. 와랑와랑, 하는 소리가 날 때마다 넓은 멍석 위로 차르르 쏟아져 내리는 황금빛 알갱이들. 보기에는 재미있을 것 같지만 하루 종일 발판을 밟고 나면 내 발인지, 남의 발인지 모를 정도로 발병을 앓아야 했던 것이 호롱기였다. 그뿐만 아니라 호롱기 탈곡을 다 끝낸 농부는 언제나 훈장처럼 먼지와 지푸라기 검불을 온통 뒤집어써야만 했다.

사람이 끄는 극젱이와 소가 끄는 호리

세월은 가고 오는 것. 한 석 달 열흘 얼었던 땅도 단 한 번의 봄비에 옷고름 풀듯 맨살을 푼다. 곡우에 가뭄이 들면 땅이 석 자나 마른다 했으니 풍년을 예고하는 곡우 봄비에 몸이 다는 사람은 역시 농사꾼이다. 모쪼록 파릇파릇 봄물이 들기 전에 못자리 볍씨도 담가야 하고, 쥐불을 놓아 그슬린 논밭도 시렁시렁 갈아엎어야 한다. 무릇 한 해 농사의 시작은 묵은 땅을 갈아엎는 쟁기질로 시작되는 법. 경운기와 트랙터가 없던 시절만 해도 곡우 무렵 농촌 들녘에 나서면 이랴이랴(이러이러, 앞으로 갈 때), 워워(가던 소를 멈출 때), 어뎌어뎌(엉뚱한 곳으로 갈 때), 낭창낭창한 농부들의 소 모는 소리가 햇살처럼 가득했다.

쟁기질 없이 어찌 싱싱하고 보슬보슬한 흙의 속살을 볼 것이며 된장국처럼 구수한 흙냄새를 맡을 것인가. 따지고 보면 찰지고 튼실한 땅도 다 바지런한 쟁기질에서 나오는 것이다. 농경사회였던 옛날에는 쟁기야말로 농기구 가운데 가장 긴요한 연장이었다. 아무렴 밭을 갈아야 씨를 뿌리고, 씨를 뿌려야 나락걷이를 할 수 있었음에랴. 때문에 강원도 일부 지역에서는 쟁기를 아직도 '옌장'(연장)이란 말로 부르고 있다.

일반적으로 쟁기는 호리쟁기와 겨리쟁기로 나뉘며 호리는 소 한 마리가, 겨리(돌이 많은 거친 밭을 갈 때 쓰였다)는 소 두 마리가 끄는 쟁

기를 일컫는다. 과거에는 겨리도 흔하게 보는 쟁기였지만 논밭이 좋아진 지금은 대부분 호리를 쓰고 있다. 쟁기와 같은 쓰임으로 '극젱이'(손끌쟁기)라는 것도 있었는데 이는 쟁기보다 땅을 얕게 갈아야 할 때, 즉 채마밭이나 감자밭, 콩밭 등의 흙 이랑을 북돋워줄 때 쓰였다. 이때 소의 힘을 빌어도 되었지만 밭작물이 밟힐 것이 걱정되어 사람이 앞에서 끌 때가 많았다. 그러나 가난이 원수라서, 정말로 소가 없어 사람이 소를 대신해 밭을 가는 경우도 있었으니 가난한 사람의 쟁기, 극젱이가 바로 그러했다.

쟁기의 뼈대(성에와 손잡이 부분)는 주로 소나무나 참나무로 만들며, 보습을 끼우는 술 부분은 박달나무가 제격이다. 쟁기의 부분은 크게 보습을 다는 술과 술을 조정하는 손잡이 그리고 이 둘을 소와 연결시켜 주는 성에로 이루어진다. 소의 목에 얹는 멍에와 성에는 봇줄로 연결시키며 물주리막대가 그 연결고리 노릇을 한다. 쟁기는 선사시대 때부터 사용한 가장 오래된 농기구 가운데 하나로, 수천 년에 이르는 역사를 간직하고 있는데, 그것이 경운기와 트랙터에 밀려 소용을 잃기 시작한 것은 불과 수십여 년에 불과하다.

3
명맥을 잇는 사람들

밭일 하다 잠시 쉬는 곳, 초막

집은 가족의 구성원이 머물러 사는 공간이다. 그러나 집과 달리 '막'이라는 것은 비바람이나 막고 잠시 머물기 위해 임시로 지은 집을 가리킨다. 옛날에 있던 움막이라는 것도 바로 움을 파서 임시로 지은 보잘것없는 집을 가리켰다. 농막, 산막, 해막, 원두막이 바로 임시로 지은 막집에 속한다. 살자고 지은 것이 아니라 잠시 머물거나 쉬었다 가자고 지은 집이다. 이 모든 것을 통틀어 '초막'이라고도 한다. 농막은 말 그대로 농사에 편리하도록 논밭 가까이에 간단하게 지은 밭집을 가리킨다.

지금은 사라졌지만, 단양 벌천리라는 곳에는 과거 원형을 고스란히 간직한 가장 원시적인 농막 한 채가 남아 있었다. 벌천리 농막은 그 모양이 선사시대 움집을 꼭 닮아서 마치 초가에서 지붕만 따로 싹둑 잘라 밭가에 둔 모습이었고, 크기도 아주 작아서 기껏 한 사람이 들어가 간신히 발을 뻗고 누울 정도의 공간밖엔 안 되었다. 1974년에 지었다고 하는데, 높이는 어른 키 정도였고, 길이는 약 3미터 정도. 크기가 작다 보니 주춧돌이나 대들보가 있을 리 없고, 지붕과 이엉을 받치기 위해 나무 말뚝을 기둥처럼 박아 놓았으며 기둥과 기둥 사이로는 나뭇가지를 얽어 놓아 한껏 너스레 흉내를 낸 모습이었다. 이곳의 농막지기였던 고황용 노인에 따르면 그가 처음 벌천리에 들어와 둥지를 틀던 50여 년 전만 해도 마을 주변에는 서너 채의 농막이 있었다고 한다.

대체로 농막은 논밭 가에 작은 창고처럼 지어졌다. 울주의 신기마을이란 곳에서 만난 농막은 멀리서 보면 작은 초가 살림집처럼 생겼는데 가까이에서 보면 한 칸에는 농기구를 보관하는 창고를 두고, 다른 한 칸에는 사람 한 명이 간신히 누울 수 있는 공간을 두었다.

원두막 또한 밭머리나 밭 한가운데 세우는 막집이지만 농막과는 그 쓸모가 달랐다. 원두막을 세우는 곳은 과수원이나 참외밭 또는 수박밭 등으로 서리를 막기 위한 초소 노릇이 강했다. 애당초 '원두'園頭라는 말은 밭에 심은 참외나 수박 따위를 통틀어 이르는 말이며

©심병우

이런 원두를 놓은 밭을 원두밭, 원두밭을 지키기 위해 세워 놓은 간단한 다락집을 원두막이라 불렀다. 원두막의 구조로는 네 개의 기둥을 그 중간쯤에 세우고, 다락방과도 같은 누대를 두어 사다리를 타고 오르내리도록 하였다. 지붕은 보통 짚이엉을 엮어 올려 초가집 흉내를 냈다.

산막은 약초꾼이나 송이꾼, 심마니들이 산행을 할 때 임시로 산에 지어 놓고 잠을 자던 마치 텐트와도 같은 막이다. 이것을 모둠 또는 초사니막이라고도 하는데, 모둠을 치는 장소는 가까이 물이 흐르고, 골이 갈라지는 펑퍼짐한 곳에 설치하는 게 보통이다. 옛날 산사람들에게는 이곳이 며칠씩 묵으며 약초를 캐고, 산삼을 찾아내기 위한 '베이스캠프'나 다름없었다.

바닷가 마을에는 해막이란 것도 있었다. 해막은 해녀가 물질을 하기 위해 바다로 나갈 때 옷을 갈아입거나 휴게소처럼 사용하던 막집이다. 이런 해막은 과거 제주도에 많았는데 창고처럼 물질도구를 보관하는 정도의 공간이 고작이었다. 어떤 섬에서는 남편이 출어를 나간 중에는 집에서 애를 낳지 않는 풍습이 있어 아내가 해막에서 애를 낳고 삼칠일을 치르고 나서야 집으로 돌아왔다는 해괴한 이야기가 전해온다.

덜컹덜컹,
소달구지 농사꾼

이랴이랴, 덜컹덜컹, 워워. 먼지 풀풀 날리는 황토마룻길에 소달구지가 느릿느릿 집으로 가는지, 밭으로 가는지, 세월아 네월아 봄볕 속을 건너고 있다. 앞에 가는 소는 콧김을 씩씩, 뒤에 탄 농사꾼은 고개를 끄덕끄덕. 한 번쯤 시골길에서 이런 풍경을 만난 적이 있겠지만, 소달구지를 끌고 가는 농사꾼을 만나는 일도 이제는 흔치 않은 풍경이 되었다.

과거 경운기가 생기기 전까지만 해도 농촌에서 짐과 곡물을 운반하고 때로는 교통수단으로 두 가지 몫을 톡톡히 해내던 것이 바로 소달구지였다. 이 소달구지는 과거에 두 가지 종류가 있었다. 두 바

경운기가 생기기 전까지만 해도 농촌에서
짐과 곡물을 운반하고 때로는 교통수단으로
두 가지 몫을 톡톡히 해내던 것이 바로 소달구지였다.

퀴 달구지와 네 바퀴 달구지가 그것으로, 길이 험했던 산악지대 등에서는 두 바퀴가, 길이 좋은 평야지대 등에서는 네 바퀴가 많이 쓰였다. 또 이 네 바퀴 달구지는 마차도 되었다가 우차도 되었는데 앞바퀴보다는 뒷바퀴가 더 컸다. 물론 요즘에야 타이어로 바퀴를 하는 경우가 대부분이지만, 과거에는 모두 텟쇠(바퀴 모양대로 두르는 철판)를 두른 나무바퀴였다.

그러나 소달구지가 하던 노릇을 경운기가 대신하게 되면서 소의 쓰임도, 달구지의 소용도 필요 없게 되었다. 소달구지가 경운기로 바뀌었다는 것은 바야흐로 농촌도 '속도와 경쟁'이라는 새로운 사회 질서 속으로 접어들었다는 것을 의미한다. 그렇게 우리의 농촌도 경운기만큼이나 빠르게 변모하기 시작했으며 기왕에 속도를 내기 시작했으니 더 빨리 가 보자고, 이제는 경운기도 답답하여 트랙터로 갈아타 버렸다.

물론 첩첩산중 산골에서는 아직도 이 굼뜨고 느려터진 소달구지를 타고 덜컹덜컹 밭으로 향하는 농부를 드물게 만날 수 있다. 이 주인공들은 대부분 백발이 성성하여 애당초 기계를 만져 볼 엄두도 내지 못한 이들이다. 그러니 이들이 떠나고 나면 분명 소달구지도 천덕꾸러기 신세가 되거나 구시대의 유물처럼 자연스레 박물관으로 향하게 될 터이다.

떡은 떡메로 쳐야
쫄깃하다

이른바 떡마을로 불리는 양양 서면 송천리. 마을에 들어서자 어디선가 처억 탁 처억 탁, 하는 떡 치는 소리가 들려온다. 소리가 나는 곳은 20년 넘게 기계를 전혀 쓰지 않고 오로지 떡메로 쳐서 떡을 만드는 떡장수 부부의 집이다. 아내인 김순덕 씨가 떡쌀을 치대면 남편인 탁영재 씨는 힘껏 떡메를 내리친다. 척하면 탁, 부부의 호흡과 박자가 착착 들어맞는다. 이들이 아직까지 떡메로 쳐서 떡을 내는 까닭은 단 한 가지, 맛 때문이다. 기계가 편하기는 해도 맛에 있어서는 떡메로 친 쫄깃하고 말랑말랑한 맛을 따라올 수 없기 때문이다.

"이거는 이 암반하구 떡메하구 이래 딱딱 붙으면서 하기 때문에 끈기가 있구 부드러운데 기계루 하는 거는 쌀알이 차지지를 않구 똑똑 끊어지니까 쌀이 굳을 수밖에 없어요. 우리네는 인절미를 많이 하니까 떡판(암반)이구 떡메구 몇 개를 갈었는지 몰라유. 손님들두 와서 막 치니까. 쇠공(소경) 메질하듯 한다구, 와서는 뚝 분질러 놓구 가구 그래요. 암반은 소나무루 한 거구, 떡메는 느릅낭구루 한 건데 원래 옛날에는 피나무 암반이 좋다 그러대요." 김순덕 씨의 말이다.

그에 따르면, 시루떡과 송편, 옥수수경단, 호박떡, 기정을 비롯해 10여 가지가 넘는 떡을 만들지만 역시 인절미를 제일 많이 낸다고 한다. “이 인절미는 암반에 바로 넣어 치면 다 튀나와요. 그래 함지에 느쿠 쪼끔 쳐서 나가야 돼요. 그래구 너머 식으면 잘 안 쳐지거등. 그래 식기 전에 빨리 쳐야 돼요.” 여기서 쑥이나 취가 들어간 인절미는 보통보다 훨씬 더 오래 쳐야 제맛을 낸다고 한다.

예부터 제사나 명절, 생일, 혼례 등에 빠지지 않고 오르는 음식이 떡이다. 또 가을걷이가 끝나고 농한기가 되면 어느 정도 먹고 살만한 집에서는 시루떡이며 절편, 인절미 등을 해 먹곤 하였는데 이때 꼭 필요했던 것이 떡메와 떡판이다. 물론 시루떡에는 떡메질이 필요 없지만, 멥쌀로 만드는 절편과 찹쌀로 만드는 인절미는 모두 떡판에 떡쌀을 놓고 떡메로 옹팡지게 쳐야 비로소 찰진 맛을 낸다. 그러나 이 또한 맷돌이나 절구가 걸어온 길처럼 방앗간 기계에 밀려 지금은 좀처럼 만나기 어려운 풍경이 되었다. 사실 맛난 것이 넘쳐나는 요즘 세상에 일부러 메를 쳐서 떡을 만든다는 것이 구태의연한 일인지도 모른다. 하지만 그렇게라도 옛 맛을 지켜 가는 사람들이 있어 여간 다행한 일이 아니다.

베 짜는 사람치고
앞니 성한 사람이 없다

눈이 녹기 시작하는 초봄의 시골길은 방금 짜개 놓은 삼실처럼 구불구불 에돌아 마을까지 이어져 있다. 날이 풀리면 삼베를 만지는 손길도 바빠지는 법이어서 산중에 틀어박힌 삼베마을의 베장이들은 마실 다닐 겨를이 없어진다. 다르르 다르르, 돌개질 소리. 시르렁 시르렁, 물레소리. 잘카당 잘카당, 베틀소리. 이른 봄부터 삼베 짜는 집에서 허구한 날 들리는 소리다.

삼베 일이란 제일 처음 삼씨를 뿌리는 것에서 비롯된다. 삼(대마)은 보통 음력 3월 보름에 씨를 뿌려 오뉴월에 김을 매고, 7월에 벤다. 이어 삼을 삼굿이라 불리는 구덩이에 넣고 쪄낸 뒤 껍질을 벗겨내 응

달에 두고 말린다. 삼 껍질이 노릇노릇해지면 보름 정도 더 놔두었다가 실 뭉치를 만들어 동지섣달부터 삼을 삼는다. 삼을 삼는다는 것은 톱개(삼 껍질을 훑는 도구)로 삼 껍질을 훑은 뒤 앞니로 삼을 째겨 한 올 한 올 실을 내서 잇는 과정인데, 삼베짜기의 과정 중 가장 힘든 과정이기도 하다. "이래 껍질 벳기가꼬 물에 한참 당가놨다가 또 한 번 껍질(겉껍질) 벳겨서 인제 밤이슬 맞혀 가며 벹(볕)에다 말려요. 베는 벹에 바래야 퍼뜨그리한 색이 나요. 이걸 다시 물에 당가놨다가 손톱으로 째 가지고 이빨로 곱게 또 째서 이래 무릎에다 놓고 삼아요. 이게 손톱하구 입술로 하니까 다 부르터지고, 꾸득살이 베기고, 한 3일 정도 삼으면 무릎에서 피가 나. 이걸 해 놓으면 한시름 놓지 인제." 안동포 장인의 말이다.

삼삼기가 끝난 삼실은 서숙짚 잿물에 넣어 담금질(잿물 이기기, 탈색과정) 과정을 거치지만, 요즘에는 공장에 맡겨 탈색을 해 오기도 한다. 이렇게 잿물로 잡색을 뺀 삼실은 새(1새에 80올, 새가 높을수록 촘촘하고 고운 베가 나온다)를 맞춰 베날기를 한다. 베날기는 새수에 따라 날실의 올수를 맞추어 한 올 한 올 바디(날실틀)에 끼우는 과정으로 보통 두 명 이상이 필요한 작업이다. 이어지는 베매기 과정은 삼실에 풀을 먹이고 도투마리(날실 감는 판)에 감는 과정이다. 풀을 먹일 때는 좁쌀풀을 많이 쓰는데, 이는 좀 더 탱탱하고 질긴 삼실을 얻기 위함이다. 이렇게 여러 과정을 거친 뒤에야 비로소 삼실을 베틀

ⓒ심병우

에 걸고 베를 짜게 된다. 삼씨 뿌리기–삼대 베기–삼굿에 찌기–껍질 벗기기–바래기–삼째기–삼삼기–담금질–새 맞추기–베날기–베매기–베짜기. 커다란 과정만도 12과정을 거쳐야 한 필의 삼베가 나오는 것이다.

사실 베 짜는 사람치고 앞니 성한 사람이 없다고 한다. 해마다 앞니로 삼을 째겨 삼느라 그렇게 되었다는 것이다. "인제는 이가 없으니 빨리 삼지도 못하고, 이 없으면 잇몸으로 물어 당기니 안 아플 리가 없지." 63년 넘게 베를 짜왔다는 강포 장인 조계옥 할머니의 말이다. 베 짜는 일이 이렇듯 힘들다 보니, 이제 안동포 마을로 불리는 금소리에서도 강포로 유명한 삼척에서도 삼베를 짜는 사람들이 점점 줄어들고 있다. 그러므로 지금 베틀에 올라앉아 베를 짜는 이들은 마지막 베틀 세대인 셈이다. 이제 이들마저 떠나고 나면 아기 속살처럼 뽀얗고 정갈한 삼베를 어디에서 만날 수 있을까.

흰옷의 대명사,
무명과 명주

"고치고치 새고치를 오리오리 잦아내어 모슴모슴 뽑아내어 무명명주 짜내보세."

감나무집 할머니의 베틀노래 소리가 애잔하다. 알다시피 우리 민족을 백의민족이라 하는 까닭은 흰옷을 즐겨 입었기 때문이다. 이 흰옷의 대명사가 바로 무명과 명주(비단)이다. 삼베와 모시가 여름옷인 데 반해 무명과 명주는 봄가을 또는 겨울용 옷이었다. 우리가 익히 알고 있듯 무명의 역사는 문익점이 목화씨를 붓두껍에 숨겨 들어오면서부터 시작되었다. 주로 명주가 그 고급스러움으로 양반네의 옷가지 행세를 해 왔다면, 무명은 주로 서민들이 즐겨 입는 평

상복 노릇을 해 왔다.

그러나 이 두 옷감은 지금 삼베나 모시보다도 훨씬 만나기 어려운 귀한 옷감이 되고 말았다. 기계로 마구 짜내는 면사와 비단에 밀려 베틀에 걸어 짜내던 옛날 방식이 이제는 거의 사라졌기 때문이다. 현재 무명은 전남 나주의 '샛골나이'란 이름과 경북 성주의 '두리실'이란 이름으로 그 명맥이 간신히 유지되고 있다.

무명짜기는 목화를 거둬 빼낸 솜을 '씨아기'(씨 뽑는 틀)에 넣어 씨를 앗아내는 과정으로부터 시작된다. 씨앗기 과정이 끝나면 솜활을 이용해 보송보송하게 솜을 타는 과정을 거치고, 이어 탄 솜을 말대에 마는 고치말기, 물레로 실올을 뽑아내는 실잣기, 한 필의 길이와 새를 맞추는 베날기, 실에 풀을 먹이고 도투마리에 감는 베매기를 차례로 거쳐 베틀에 걸어 짠다. 문제는 명주나 삼베에 비해 무명은 실줄이 약해 잘 끊어지므로 무명을 짤 때는 무엇보다 차분한 손 맵시가 필요하다는 것이다.

명주짜기의 과정도 무명과 별로 다르지 않다. 다만 명주는 누에고치에서 실을 뽑는 것이므로 실을 뽑을 때까지의 과정이 다르다. 누에를 쳐서 얻어 낸 고치에서 실을 뽑을 때는 냄비에 고치를 여남은 개씩 넣고 바글바글 물을 끓이면 실이 풀려나오는데 이때 실마

무명짜기의 한 과정인 베날기.
베날기는 한 필의 길이와
새를 맞추는 작업이다(왼쪽).

일명 비단이라 불리는 명주를
짜는 모습(아래).

리를 잡고 '왕챙이'라 불리는 물레에 감아 타래를 만든다. 이 타래를 다시 '돌개지'에 걸어 돌리면서 실내리기(가락에 실을 감는 일)를 한다. 이후의 베날기, 베매기, 베짜기의 과정은 무명과 다를 바가 없다. 다만 다 짠 뒤에 명주는 '잿물삭이기'라 하여 반드시 옷감을 잿물에 넣어 삭이는 과정을 거치는 것이 여느 옷감과는 다른 점이다.

사실 우리가 입고 있는 가장 흔한 면 티와 여전히 고급스러운 옷으로 통하는 실크는 모두 기계로 대량생산해낸 것들이다. 어찌 보면 이런 대량생산 시대에 겨우내 고작 대여섯 필씩 짜내는 수공업 옷감내기를 한다는 것이 말도 안 되는 일일 수 있다. 그러나 분명 아직도 이 땅에는 손에 꼽을지언정 그 말도 안 되는 일을 하는 분들이 엄연히 존재하고 있다. 그들을 산업사회의 생산논리로는 결코 이해할 수 없을 것이다.

태깔 좋고 솜씨 좋은 죽물

대숲에 바람이 인다. 스사삭 스사삭, 바람에 밀려 저희들끼리 몸 부비는 소리 시원하다. 바람이 거세지면 대숲의 소리도 거세져 마치 바닷가에서 듣는 파도소리가 난다. 그러나 바람이 그치고 나면 대숲은 그야말로 적막하고 고요해서 마치 별세계에 발을 들여놓은 듯하다. 비라도 내리면 대숲은 거대한 악기로 변해서 투다닥 탁탁, 듣기 좋은 타악을 연주한다. 그 소리에 맞춰 고개를 내민 죽순도 쑥쑥 제 키를 높인다. 흔히 비가 한 번 오고 나면, 죽순은 하룻밤 새 무려 60센티미터나 자란다고 한다. 그야말로 우후죽순이다.

옛날 담양의 한 선비가 대숲에 갓을 벗어 놓고 잠깐 볼일을 보고 돌아보니 갓이 없어졌다는 이야기도 놀라운 성장력을 지닌 대나무를 빗댄 얘기다. 어쨌든 담양은 대나무의 고장이며, 죽물의 고향이다. 사실 우리네 옛 조상들은 대나무로 못 만드는 것이 없었다. 초롱이나 등, 등잔대, 발, 상, 죽부인, 베개, 부채, 구덕, 지팡이, 도시락, 조리, 바구니, 그릇, 소쿠리와 채반, 키, 삿갓, 참빗, 반짇고리, 바작, 삼태기, 물레, 용수(술 거를 때 쓰임), 활, 화살통, 통발(쑤기), 대금, 단소, 피리, 심지어 굴뚝까지도 대나무를 원통 모양으로 엮어 만들었으니 그야말로 옛날에는 대나무가 없었으면 어떻게 살았을까 싶다.

현재 담양에서 생산되는 죽공예품 종류는 약 70종에 이른다고 한다. 그 가운데서도 가장 까다롭고 화려한 기술로 손꼽히는 것은 낙죽과 채상이다. 낙죽이란 횟대나 담뱃대, 참빗 등의 대나무 겉면을 불에 달군 인두로 지져 온갖 무늬를 그려 넣는 것을 일컫는다. 낙죽이 어려운 것은 무엇보다 밑그림에서부터 세밀한 그림의 명암이나 농담까지도 인두의 온도 조절로 그려지기 때문이다. 채상은 대나무를 얇고 가늘게 쪼갠 뒤 여러 가지 색으로 물들여 바구니나 반짇고리 등을 짜 만드는 것을 일컫는데, 고리를 짜는 것과 방법은 비슷하지만 색깔과 무늬를 넣어 짜야 하므로 손이 많이 가고 제작도 까다로운 편이다. 대나무를 잘게 쪼갠 뒤 그것을 엮어 대발을 만드는 죽렴도 까다롭기는 매한가지다. 보통 대발은 2~3년생 왕죽과 분죽으로 만드는데, 왕죽의 태깔이 좀 더 좋게 난다고 한다. 대발을 만들기 위해서는 먼저 대를 채취하여 음지에서 말린 뒤 발의 크기에 맞춰 대를 자르고 이어 쪽살내기와 마디훑기, 잔살내기, 조름질을 거쳐 엮음질로 마무리한다.

참빗도 역시 대나무로 만든다. 보통 참빗은 왕죽으로 만들며 매기용 재료로는 때죽나무나 먹감나무를 쓴다고 한다. 옛날에는 집집마다 이런 참빗이 한두 개씩은 다 있었다. 이나 서캐를 잡는 데는 발이 촘촘한 참빗이 최고였고, 쪽진 머리를 빗을 때에도 참빗만 한 게 없었다. 그러나 이가 사라지고, 비녀가 사라지면서 참빗도 덩달아 사라지고 말았다. 죽부인은 의외로 요즘 인기가 많은 편이다. "죽부인은 이래 매끈하고 크고 빤듯한 대만 써요. 이것을 갖다가 짜개고 다듬어서 6~7미터씩 6개를 만들어. 젤로 힘든 거는 마무리야. 이래 빳빳하게 삐져 나온 대를 찔러 넣어 오므리는 게 기술이거든. 다른 사람은 한두 개 찔러 넣어 능글능글한데, 나는 서너 개씩을 찔러 넣으니까 짱짱하지." 50년 넘게 죽부인을 만들었다는 김성수 씨의 말이다.

문제는 요즘 죽부인조차 중국산이 점령했다는 것이다. 중국산은 국내산에 비해 절반 이상 싸게 팔지만, 품질은 몇 배나 떨어진다. 최근에는 비단 죽부인뿐만 아니라 부채나 소쿠리, 대자리까지 중국산이 판을 치고 있다. 그러다 보니 담양의 죽제품 수요도 날로 줄어들고 있는 형편이다. 수요가 예전 같지 않으니 생산 또한 예전 같지 않아 죽물시장도 예전처럼 붐비지 않는다.

한지의 아름다움을 재현한다

'한지' 하면 다들 전주나 안동을 떠올릴 것이지만 문경새재 아래 자리한 신풍마을 한지도 그에 못지않다. 신풍한지마을에서는 아버지의 가업을 이어 안치용 씨가 2대째 전통 한지의 명맥을 이어 가고 있다. 사실 요즘에 이르러 한지는 기계화를 갖춘 현대적인 공장에서 주로 생산되고 있는데, 이곳에서는 아직도 많은 과정에 전통적인 방법을 사용함으로써 옛 한지의 아름다움을 재현해 내고 있다.

예부터 면지, 마지, 피지와 같은 여러 종이가 있었지만 우리의 전통 종이라고 하면 단연 닥껍질을 원료로 한 닥종이였다. 하여 보통 한지라고 하면, 이 닥종이를 가리킨다. 한지를 만드는 과정은 바로 원료가 되는 닥의 채취로부터 시작되는 것이다. 닥나무는 늦가을 추수를 끝내고 나서 1년생 가지를 베어 와 삶게 되는데, 과거에는 마치 삼베의 재료인 삼대를 찌듯 땅에 두 개의 구덩이를 파서 쪄 내는 방법을 썼다. 즉 작은 구덩이에 나무와 장작을 태워 뜨거운 돌멩이를 달군 뒤 물을 부어 거기서 나오는 뜨거운 수증기로 큰 구덩이의 닥나무를 쪄 내는 것이다.

이렇게 쪄 낸 닥나무는 껍질이 흐물흐물해져 벗기기 쉬어진다. 처음 벗겨 낸 껍질은 '피닥'이라 하는 겉껍질이 붙어 있는데 이것을 냇물에 10시간 정도 담가 부풀린 다음, 우러난 겉껍질까지 벗겨 내면 한지의 재료인 '백피'가 된다. 이제 백피는 볕이 좋은 곳에 널어 말리고, 다시 냇물에 담가 부드럽게 만드는 과정을 거쳐 '피삶기'에 들어간다. 피삶기란 백피를 잘라 솥에 넣고 잿물(과거에는 짚이나 콩대를 태운 재를 사용했다)과 함께 끓이는 작업으로, 백피가 흐물흐물해지도록 삶아 낸다. 피삶기가 끝나면 '바래기'에 들어간다. 삶아 낸 원료는 솥에 두고 하룻밤 삭인 뒤 또다시 냇물에 담가 볕을 쪼여 주며 바래기를 한다.

바래기 다음은 티를 골라내는 과정이다. 아무리 잿물에 삶고, 냇물에 담고 했다손 치더라도 원료에는 조금씩 잡티가 남아 있게 마

련인데 이것을 일일이 손으로 골라내는 작업이 티 고르기다. 이렇게 티를 골라낸 닥원료는 닥돌이라 불리는 돌 위에 올려 놓고 방망이로 '곤죽'이 될 때까지 사정없이 두들겨 '닥죽'을 만든다. 이 닥죽을 지통에 집어넣고 대막대로 한참 저어준 뒤 닥풀을 섞어 네모나게 생긴 대발로 '물질'(지통에서 대발로 닥죽을 담아내는 일)을 하면 대발에 얇게 닥죽이 달라붙는데, 이것을 떼어내 나온 습지를 말리면 한지가 되는 것이다.

한지는 우리의 종이다. 그래서 한지는 우리 민족을 닮아 있다. 질기면서도 부드럽고, 투박하면서도 우아하다. 그 한지를 햇볕에 비춰보면 닥껍질의 질감이 고스란히 살아 있다. 서양의 종이에서 볼 수 없는 자연의 무늬와 빛깔이 그 안에 담겨 있는 것이다.

졸이고 늘여 쌀엿을 만든다

사랑방 아궁이에는 새벽부터 장작불이 활활 타오른다. 1시간 넘게 장작불에 그슬린 가마솥은 색색거리며 구수한 밥 냄새를 풍기고, 드디어 다 된 고슬고슬한 고두밥이 함지에 담긴다. 이렇게 쪄 낸 고두밥은 엿기름과 함께 섞어 또 한 번 끓여내 밥티가 동동 떠다니는 식혜를 만든다. 완성된 식혜는 다시 함지에 퍼 담아 따뜻한 방 안에다 이불을 덮어 놓고 7시간 정도 삭힌다. 그리고 다 삭혔으면 식혜를 떠다 체로 한 번 내리고, 다시 삼베자루에 넣어 엿밥(찌꺼기)과 엿물을 거른다. 이제 걸러 낸 이 물을 조청 상태가 될 때까지 달여야 하는데, 이 때 엿물이 넘치지 않도록 얼마 동안 솥과 솥뚜껑 사이에는 밀가루 반죽으로 시루벽을 해 붙인다. 시루벽을 떼어 낸 뒤에는 커다란 나무 주걱으로 계속 저어 주면서 예닐곱 시간 정도 불 조절을 하며 살살 졸인다.

드디어 보글보글 거품이 끓어오르면 엿물을 떠다 함지에 펴 담아 따뜻한 방에 덮어 놓는다. 그렇게 덮어두기를 두어 시간. 어느 정도 엿물이 굳어지면 엿 반죽을 잡아당겨 엿을 만들기 시작한다. 엿 만들기의 절정인 엿 늘이기는 언제나 뜨끈뜨끈한 방에서 항상 문을 꼭꼭 닫아 놓고 해야 한다. 두 사람씩 짝이 되어 마주 앉아 엿 늘이기를 하는 모습은 어디에서도 볼 수 없는 진귀한 풍경이다. 한 사람이 엿 반죽을 함지에서 떼어 내 한쪽을 상대편에게 건네면 상대편은 그것을 잡아 늘였다가 다시 맞은편 사람에게 건네준다. 이렇게 서로 엿 반죽을 맞잡고 손을 바꿔가면서 엿 늘이기를 하는데, 재미있는 점은 하면 할수록 거무스름했던 엿 반죽이 희끄무레해진다는 것이다.

더 이상 잡아 늘일 수 없을 정도로 짱짱해졌을 때, 이때가 바로 엿 반죽을 손가락 크기의 엿가락으로 만들어 잘라 내야 하는 순간이다. 엿가락을 자를 때는 찬바람이 도는 마루로 가져 나와 자르는데 연장이 필요 없이 손으로 똑똑 분지르는 게 보통이다. 마지막으로 콩고물을 묻히면 엿 만들기의 모든 과정이 끝난다.

요즘에야 대부분 기계로 뚝딱뚝딱 엿을 만들어 내지만, 아직도

이 땅에는 처음부터 끝까지 기계의 힘을 빌리지 않고 엿을 만드는 사람들이 더러 있다. 품삯도 나오지 않는 일을 사흘 품씩 들여 가며 정성을 다하는 그들의 모습을 찬찬히 지켜보고 있노라면, 엿 만드는 일일지언정 숭고하다는 생각이 든다. 하긴 그런 정성과 손맛이 들어가기에 기계로 빼낸 엿가락이 손품 들여 내는 엿맛을 따라올 수가 없는 법이렷다. 하지만 요즘 사람들이 방부제를 넣어 깡깡하고 뻣뻣한 기계엿과 몰랑몰랑 입안에서 보드랍게 넘어가는 손엿의 다른 맛을 알기는 할까.

과자에 꽃을 놓다

추석이나 설날이 다가오면 일손이 바쁜 마을이 있다. 봉화에 있는 닭실 한과마을이다. 이곳 한과의 역사는 무려 450년 이상을 거슬러 올라간다. 조선시대 충신이었던 충재 권벌 선생(1478~1548)이 돌아가시면서 그 제사상에 유과를 올리기 시작한 것이 오늘에 이르게 된 것이다.

마을에 도착하여 부녀회관에 들어서자 유과를 튀겨 내는 기름 냄새가 고소하게 코끝에 감겨 온다. 네댓 개의 기름 냄비 곁에는 방금 튀겨 낸 입유과(크고 넓적한 유과)들이 납작하게 쌓여 있다. 한쪽에서 튀겨 내면, 한쪽에선 그것을 받아 물엿을 바르고, 또 다른 쪽에선 옷 입히듯 유과에 '박산'(쌀튀밥가루)을 바른다. "쌀을 담아 놓고 이틀 정도 불거 내서 방앗간에다 빻아 와요. 그걸 솥에 넣고 3시간 정도 쪄서 반죽기에 넣고 친 다음, 손으로 한 번 더 반죽을 해서 안반에 눌러 가꼬 썰어요. 잔유과(엄지손가락만 한 유과)는 잘게, 입유과는 넓게 썰어요. 그걸 이틀 정도 온돌방에 또 말려서 쌀가루에 녹이요. 녹인다는 것은 너머 딱딱하니까 그걸 몰랑몰랑하게 만드는 거죠. 녹인 다음에는 기름에다 지져 내 물엿을 바르고 박산이나 까만깨, 흰깨를 묻히면 다 끝나는 거죠." 손계순 씨의 유과 만드는 설명이다.

유과를 만들 때 맨 마지막 과정은 '꽃을 놓는 과정'이다. 꽃을 놓는다는 것은 찹쌀튀밥으로 유과에 꽃 모양을 장식해 넣는 것인데 보기에 좋으라고 하는 것이지만, 이 과정이 보통 까다로운 게 아니다. 꽃을 놓을 때는 우선 유과를 놓고 그 위에 엿물을 살짝 묻힌 찹쌀튀밥을 꽃 모양처럼 네 개를 붙인 뒤 모양 한가운데다 까만 깨 몇 개를 얹거나 대추를 잘게 썰어 얹는다. 꽃 놓는 과정만큼이나 어려운 과정이 '반죽 과정'이다. "물을 너무 많이 부어도 안 되고, 너무 적게 부어도 안 돼요. 적당히 부어야 되는데 그게 경험 없이는 안 되는 거죠."

약과 또한 유과만큼이나 만드는 과정이 복잡하다. 처음에 밀가루와 찹쌀가루, 튀김가루, 계피가루, 생강과 정종, 설탕, 기름 등을 넣

고 적당한 물로 반죽을 하는데, 유과와 마찬가지로 반죽기에 넣고 '치는 과정'을 거쳐야 약과가 맛있어진다고 한다. 다 쳐 낸 반죽은 다시 한 번 안반에 놓고 밀어서 만들고 싶은 모양을 찍어 낸다. "그 다음에 젓가락으로 가운데 구멍을 뚫어서 기름에 튀겨 내요. 그리고는 이제 엿물에 생강도 좀 넣고 거기에 약과를 넣어 이래 저어서 건져 내면 되는 거죠." 약과의 마지막 과정도 꽃을 놓는 과정인데, 유과와는 달리 잣과 대추, 건포도 등으로 꽃모양을 만든다.

닭실마을의 한과가 다른 지역의 한과와 다른 점은, 무엇보다 모든 과정이 수작업으로 이루어진다는 것이다. 말로만 들어서는 모르겠고, 먹어 봐야 그 맛을 안다.

'앉은뱅이술' 소곡주와 잔자누룩한 홍주

서천군 한산면 단상리와 성외리 마을에서는 어느 집이나 술 익는 냄새가 알싸하게 담장을 넘는다. 단상리와 성외리는 소곡주로 유명한 한산에서도 가장 으뜸으로 꼽는 소곡주 마을이다. 아직도 이곳에서는 마을의 절반 이상 가구가 전통적인 방식으로 소곡주를 만들어 오고 있다. 한산에서 소곡주를 언제부터 빚어 왔는지는 알 수가 없지만, 백제가 멸망할 당시 여자들이 소복을 입고 술을 빚어 소곡주라 했다는 이야기가 전해온다.

소곡주는 찹쌀과 누룩을 딛어(누룩을 빚는 것) 100일주로 만든 술로써 도수는 증류하지 않은 약주인 경우 18도 정도 된다. 흔히 전통주

공부 좀 한다는 사람들에게 물어보면 십중팔구는 소곡주가 으뜸이라고 말한다. 오죽하면 이것을 '앉은뱅이술'이라고 불렀을까. 소곡주를 '앉은뱅이술'로 부르게 된 유래는 대체로 술이 너무 맛있어 먹다 보면 일어날 줄 모르고 앉은뱅이가 된다는 것, 술이 독해 먹고 일어나면 도로 주저앉게 된다는 것, 이것을 마시면 정신은 멀쩡한데 몸이 말을 듣지 않는다는 것 등이다. 모두 술이 맛있고, 독하다는 사실에서 비롯된 것들이다.

이와 관련하여 전해오는 이야기도 몇 가지 있다. ① **옛날 과거를 보러 가던 한 선비가 한산 주막에서 소곡주를 마시다가 술에 취해 앉은뱅이처럼 일어나지 못했다는 이야기 ② 소곡주를 떠오라는 시어머니 심부름으로 며느리가 술독에 가서는 술맛 좀 본다는 게 너무 맛있어 계속 마시다가 앉은뱅이처럼 일어나지 못했다는 이야기 ③ 집을 털러 온 도둑이 술독에 담긴 소곡주를 맛보다가 술에 취해 그 자리에 주저앉아버렸다는 이야기**

어쨌든 한결같이 소곡주가 그만큼 맛있다는 얘기다. 재미있는 것은 단상리나 성외리 마을에서도 집집마다, 심지어 항아리마다 술맛이 다르다고 한다. 누룩의 양, 발효 정도, 물맛에 따라 그 맛이 조금씩 달라지기 때문이다.

한산 소곡주가 전통 발효주의 대표라면, 진도 홍주는 전통 증류주의 으뜸이라 할 수 있다. 증류주란 말 그대로 소줏고리인 고조리에 술을 내리는 맑은 술을 말한다. 이렇게 고조리로 내린 진도 홍주는 도수가 40도를 훌쩍 넘는다. 진도에서 소주의 전통은 고려시대로 거슬러 올라가지만, 소주 중에서도 진도 홍주의 내력은 조선시대 허씨 가문에서 시작되었다고 한다. 바로 그 허씨의 유서 깊은 홍주 비법을 전수 받은 이가 바로 허화자 할머니다.

할머니는 어려서부터 집안에서 홍주 빚는 법을 배웠다고 한다. 못해도 홍주를 빚은 지가 60년은 넘었다는 것이다. 내가 할머니 댁을 방문했을 때, 할머니는 때마침 술을 내리고 있었다. 그것도 부뚜막에 고조리를 얹고 아궁이에 장작불을 지펴 옛날 방식 그대로 말이

다. 보리누룩을 딛어 만드는 진도 홍주는 소주를 내릴 때 지초(해독, 이뇨 효과)라는 약초뿌리를 사용하는데, 고조리(소줏고리)를 통과한 술이 지초를 거쳐 방울방울 술통으로 떨어지면서 지초의 성분도 함께 뒤섞인다. 진도 홍주의 빛깔이 약간 붉은색을 띠는 건 바로 그 때문이다.

홍주는 40도를 웃도는 술이지만, 뒤끝이 깨끗하고 구수하며, 약간 쓴맛이 감돈다. 그런데 이 쓴맛은 단맛과 교묘히 버무려져 알싸한 맛을 낸다. 지초 특유의 약초 냄새가 날 법도 하지만, 잘 내린 술은 약초의 쓴맛보다는 특유의 향긋함이 혀끝에 남는다. 입안에 잔자누룩한 잔맛이 오래 감도는 것도 진도 홍주만의 특징이다. 그러나 워낙에 독한 증류주인지라 한 잔만 마셔도 아랫배가 뜨뜻해진다.

장맛 내는 메주

어머니가 밤새 불린 메주콩을 가마솥에 붓고, 새벽부터 아궁이에 장작불을 지펴 메주를 쑨다. 아랫목 장판이 눌어 검누릇해질 때까지 불 때고 나면 가마솥에서는 콩 익는 냄새가 마당까지 폴폴 풍겨 나온다. 옆집에서 놀다 온 아이는 어느새 어머니 곁에 찰싹 붙어 자꾸 메주콩 동냥이다. "너무 많이 먹으면 똥 싸, 이놈아!" 지청구를 놓으면서도 어머니는 아이에게 메주콩 한 주걱을 선뜻 내주고, 김이 모락모락 나는 콩을 함지박에 퍼 담아 절구통으로 간다. 쿵쾅쿵쾅, 절구질로 걸게 빻은 메주콩은 다시 툇마루로 옮겨져 메주틀(새끼를 감은 체)에 넣고 다독다독, 마치 벽돌을 찍어내듯 둥그런 메주를 찍어 낸다. 이렇게 빚은 메주는 이제 굳기만을 기다려 천장이나 선반에 달아매고 띄우면 된다.

흔히 말하기를 김장은 겨울농사, 장은 일 년 농사라고 했다. 우리 속담에는 '집안이 망하려면 장맛부터 변한다'는 말이 있으며 '한 고을 정치는 술맛으로 알고, 한 집안의 일은 장맛으로 안다'는 말도 있다. 또한 장맛을 보면 그 집안을 알 수 있다고 했을 정도로 장은 우리 음식문화의 가장 중요한 위치를 차지하고 있다. 이렇게도 중요한 '장'이라는 것, 된장과 고추장은 물론 막장과 간장까지, 이 모든 것은 바로 콩을 주원료로 한 메주에서 나온다.

예부터 우리는 음력 동짓달에 메주를 띄워 이듬해 정월이나 이월에 간장과 된장을 담아 먹어 왔다. 메주가 잘 떠야 장맛도 좋은 법인데 잘 뜬 메주는 거죽이 마르고, 속은 말랑말랑한 느낌이 들어야 하며 겉에 푸른색이나 검은색 곰팡이가 핀 것보다 희고 고운 곰팡이가 곱게 퍼져 있는 것이 좋다. 거죽이 거무스름하고 끈적거리며 축축해 보이면 제대로 뜬 것이 아니다. 메주를 소금물에 담그는 일을 침장이라 하는데, 장물을 마련하는 것 또한 메주 띄우는 것만큼이나 중요했다. 그래서 옛날에는 가시(구더기)가 생기거나 장맛이 떨어지는 것을 막기 위해 동짓달 첫눈을 받아서 장물로 쓰거나 깨끗한 바닷물을 걸러 쓰기도 했다. 보통 간장과 된장은 침장 후 달포가량 숙성시킨 끝에 나오는데 장물을 퍼내 달인 것이 간장이고, 간

된장과 고추장은 물론 막장과 간장까지,
이 모든 것은 바로 콩을 주원료로 한 메주에서 나온다.
예부터 우리는 음력 동짓달에
메주를 띄워 이듬해 정월이나 이월에
간장과 된장을 담아 먹어 왔다.

장을 퍼내고 남은 찌꺼기가 된장이 된다.

간장이란 '간이 들어간 장'이란 뜻으로, 소금이 들어간 물에 메주의 성분이 우러나오면서 숙성된 것이다. 된장은 말 그대로 '되게 만들어진 장'이다. 된장의 종류에는 일반적으로 불리는 된장을 비롯해 담북장, 청국장, 막장, 집장, 청태장, 팥장, 가루장, 무장, 거름장 외에도 헤아릴 수 없이 많다. 외세의 침략을 자주 받아 왔던 우리나라는 전쟁 때엔 메주를 띄우고 장을 담그기가 어려웠는데, 이때 된장 대용으로 간단하게 만들어 먹은 것이 청국장이다. '전란에 만들어 먹는 장'이라는 뜻에서 전국장이라 불리다가 결국 청국장이라는 이름으로 불리게 되었다. 된장과 달리 청국장은 발효하게 되면 메주에서의 누룩곰팡이가 아닌 고초균이라는 발효균이 생기는데 이때 생기는 끈끈이는 유산균과 마찬가지로 면역력을 높여 주며, 혈전을 녹이는 작용을 한다.

예부터 장을 담근 뒤에는 장독 안에 붉은 고추와 숯을 넣었다. 여기에는 장맛이 불같이 일라는 주술적 바람과 함께 잡신을 쫓는 의미가 담겨 있다. 숯을 띄우면 잡신이 숯구멍 속으로 들어가 나오지 못하고, 고추의 붉은색은 나쁜 귀신을 쫓는다고 여겼던 것이다. 또 고추와 함께 넣었던 대추에는 자손의 번성을 바라는 뜻이 담겨 있다.

한 나라의 음식문화 수준을 가늠할 때 대개 학자들은 발효식품을 꼽는다. 서양의 음식문화에서 치즈나 요구르트가 발효식품의 대명사라면, 우리는 뭐니 뭐니 해도 김치와 장을 꼽지 않을 수 없다. 하지만 언제부턴가 일본 장류가 우리 땅에 상륙하면서 일본식 간장과 된장이 조금씩 우리 부엌을 잠식해 오고 있다. 게다가 젊은 세대의 서구식 입맛 변화로 인해 장류 식품의 소비 또한 점점 더 줄어들고 있는 형편이다. 더욱이 요즘에는 집에서 장을 담기보다는 사다가 먹는 것이 일반적인 추세이다. 그러다 보니 메주를 쑤고, 띄우고, 장을 담그는 풍경이 좀처럼 보기 힘든 풍경이 되고 말았다.

치렁치렁 손곶감 내거는 풍경

때늦은 가을, 영동 땅 어디를 가든 감나무가 지천이다. 특히 영동에서도 감나무 많기로 소문난 상촌면 대해리, 물한리, 상도대리, 고자리, 그리고 도마령을 넘어 용화면 조동리까지 이어진 길은 내내 감나무를 따라가는 '곶감로드'라 할 수 있다. 대해리에서 만난 김복순 씨는 감물이 검게 든 손으로 곶감을 깎고 있었다. "올해 감이 그양그양 됐는개비대유. 봐유, 저 아래두 위에두 푸지게 달렸잖어유." 그에 따르면 해마다 한 동 가까이 곶감을 깎는단다. 한 동이면 100접(한 접에 100개)이나 된다.

감은 한 해가 풍년이면 그다음 해는 반드시 흉년이 든다. 많이 여는 해에 감을 따느라 가지를 뚝뚝 분질러 놓는 통에 이듬해에는 감나무가 제 몸을 먼저 다스린다는 것이다. 사는 이치가 다 그렇다. 감이 많다고 닥치는 대로 따 버리면 그 대가를 치르는 법이다. 보통 감나무에는 30접 이상의 감이 달린다. 물론 큰 나무는 100접의 감을 매달기도 한다. 이곳 곶감마을의 감은 홍시감이 아니라 '먹감'이라 불리는 '무동시'(무종시, 씨 없는 감) 또는 '고동시'다. 고동시를 여기서는 '빼조리'라고 한다. 무동시는 다른 감보다 늦게 따는데 서리 내릴 때까지 감을 따기도 한다. 무릇 늦가을에 비가 많이 오면 곶감 맛이 떨어진다. 곶감은 볕이 나야 분이 뽀얗게 나고, 맛도 달다. 비 맞은 곶감은 물러 버린다. 대체로 찬이슬이 내리는 한로와 서리가 내리는 상강 사이에 깎아 말려야 좋은 품질이 나온다.

‘곶감’이란 말은 본래 ‘곶다’에서 온 것으로, ‘꼬챙이에 꽂아서 말린 감’을 뜻한다. 된소리로 ‘꽂감’이라 하는 것도 ‘꽂다’에서 비롯된 것이다. 요즘에야 이름난 곶감마을에서는 모두 기계로 곶감을 깎아 건조기에서 손쉽게 말리지만, 영동 지역에서는 아직도 손으로 곶감을 깎아 햇볕에 곶감타래를 말리는 곳들이 꽤 있다. 대해리 지나 물한리 가는 길에 집집마다 볼 수 있는 원두막 같은 건물이 감 타래를 내거는 건조실이다.

감 따는 풍경은 보기에는 멋져 보이지만, 나이가 들면 쉽지 않은 힘든 노동이다. 가지가 약한 감나무에 오르는 일도 그렇거니와 장대를 높이 올려 감꼭지나 감이 많이 달린 가지를 당기는 일도 힘과 요령이 필요하다. 목이 뻐근하도록 감을 따고 나면 볏가리만큼 쌓인 감들을 손으로 일일이 깎아서 감타래를 만든다. 여기서 끝나는 게 아니다. 감타래를 건조실에 매달아 겨우내 말려야 한다. 말리는 동안 볕이 잘 들고 바람이 잘 통하는 곳에서 되도록 눈비를 피해야 하고, 수시로 상태를 확인해야 한다.

건조기에 넣어 말리면 한나절도 안 되서 반곶감이 되지만, 자연 건조는 말 그대로 하늘과 동업하는 일이다. 바람과 햇볕과 사람의 손길이 골고루 보태져 손곶감이 되는 것이다. 그래서 손으로 빚은 곶감에서는 햇볕과 바람의 맛이 나고, 시간의 냄새가 배어 있는 것이다.

전통옹기의 가업을 이어 간다

9대째 전통옹기 맥을 이어 오고 있는 곳이 있다. 전남 보성군 미력면 도개리에 있는 '미력옹기'가 바로 그곳이다. 9대째 맥을 잇는 옹고집 옹기장 이학수 씨(중요무형문화재 제96호)는 선친인 이옥동 씨의 뒤를 이어 300년이 넘는 가업의 길을 꿋꿋하게 걸어오고 있다. 한때 이 씨는 선친의 권유로 서울 유학을 떠났지만, 타고난 피는 어쩔 수가 없었는지 다시 고향으로 돌아와 결국에는 이렇게 아버지의 뒤를 밟아 가고 있다.

그의 옹기사랑은 유약에서부터 남다른 면이 있다. 미력옹기에서는 납 성분이 들어 있는 광명단 유약 대신 뒷산에서 채취한 약토와 부엽토, 나무와 잎을 태운 잿물을 사용한다. 이렇게 해야 옹기가 제대로 들숨 날숨을 쉰다는 것이다. 또 하나, 기계화되어가는 현대의 옹기 공정을 거부하고 오로지 손과 발로 옹기를 만들어 내고 있다. 9대째 변함없이 옛날 방식인 쳇바퀴 타래기법(흙덩이를 판자처럼 길게 늘어뜨려 그릇의 틀을 만드는 방법)을 고수하고 있는 것이다.

마지막으로 이곳에서는 아직도 전통적인 뺄불통 가마를 사용하고 있다. 이 가마는 경사 25~30도의 나지막한 언덕 구릉 위로 길게(23미터 정도) 치켜 쌓아 불길이 자연스럽게 퍼지도록 만들어졌는데 처음 며칠 동안은 섭씨 40~50도의 피움불로 시작해 점점 온도(100도 정도)를 높여 돋굼불로, 다시 900도 정도의 베낌불에서 1200도까지 온도가 올라가는 큰불을 때 준다. 이렇게 가마 속에서 옹기가 발갛게 달구어지면, 3일 정도 열기를 식힌 뒤 가마를 털어 끄집어내게 된다. 그러나 이런 정성에도 가마에 넣은 옹기 가운데 절반가량은 버릴 수밖에 없다. 어쩔 수 없이 갈라지고 터진 옹기가 생기는 것이다.

옹기 만들기의 시작은 흙을 가져다 불순물을 골라내는 수비질로부터 출발한다. 수비질 다음에는 흙을 가져다 물반죽을 하고, 발로 밟고 떡메로 쳐서 찰지게 다진다. 이렇게 흙반죽을 만들어 물레에 올려놓고 방망이로 두들겨 둥글납작하게 바닥을 만든다. 이어 굽깎기(나무칼)로 필요 없는 부분을 도려내고, 타림(흙가래를 둥글게 쌓아올리는 작업)을 올린 뒤 도개(떡살처럼 생겨 옹기 속을 두드리는 도구)를 안에 대고, 부채(표면을 두들겨 다지는 도구)로 바깥을 두들겨 수레질(옹기의 두께를 고르게 하고 모양을 내는 일)을 한다. 수레질이 끝나면 옹기 표면을 매끈하게 다듬는 근개질(근개는 안개와 겉개로 나뉜다)에 들어간다.

이렇게 옹기모양이 완성되면, 물가죽(물에 젖은 쇠가죽)으로 도드라지게 주둥이를 만든다. 이것을 '전 잡는다'고 한다. 전잡기에 이어 손잡이를 만들어 붙이면 일단 만드는 과정은 모두 끝이 난다. 다음 과정은 잿물 치는 과정인데 어느 정도 옹기가 굳으면 잿물탕에 살짝 담가 손으로 돌려 가며 잿물을 친다. 그다음에는 10일 이상 건조시켜 가마에 재운 뒤 불때기에 들어간다. 사실상 절반은 정성이고, 절반은 시간이며 결과는 운명인 작업이 바로 옹기라 할 수 있다.

잿물을 바른 옹기는 옛날식대로 안팎으로 뚫린 미세한 구멍을 통해 들숨과 날숨을 쉬어 음식의 조화로운 숙성을 돕는다. 또한 습기와 열 등을 조절하여 음식물을 오랫동안 숙성시키고, 저장하는 노릇을 한다. 하지만 시중에 나도는 광명단 유약을 바른 옹기는 이런 기능을 전혀 하지 못하며 오히려 해를 입힌다. 광명단 유약은 옹기의 표면을 반들거리게 하는 납 성분의 유약으로 일제 때부터 쓰기 시작했다고 한다. 그런 옹기로 간을 담으면 된장이고 고추장이고 부패하여 맛도 변할 수밖에 없다. 사실상 그건 옹기가 아니다. 그럼

에도 시중에 광명단 옹기가 나도는 것은 잿물 유약을 쓰는 것에 비해 생산성이 높기 때문이다.

옛말에 '사기는 사곱, 옹기는 오곱이 남는다'는 말이 있다. 사기는 이문이 네 배요, 옹기는 다섯 배라는 소리다. 하지만 이 말은 집집마다 장독대에 그득그득 항아리가 들어차 있을 때의 말에 지나지 않는다. 스테인리스와 플라스틱 그릇이 옹기를 대신하고, 아파트가 생겨나 장독대를 둘 필요가 없게 되면서 옹기는 차츰차츰 설자리를 잃고 말았다. 과거 1960년대 초까지만 해도 흙 좋기로 소문난 동네치고 옹기굴 몇 개씩 없는 동네가 없었으나 지금은 그 많던 옹기굴도 만나기 어려울뿐더러 가스 불에 광명단을 사용한 옹기가 버젓이 전통 옹기인 양 행세하고 있다. 사실상 이제는 옛날 재래식 가마에 나무를 때서 옹기를 구워 내는 전통 옹기굴은 몇 군데 남지 않았다.

참숯 굽는
재래식 숯가마

멀리 갈색 찻빛을 머금은 산자락을 배경으로 흰 연기가 모락모락 피어오른다. 연기 나는 곳에 가까이 이르러 보니 골짜기를 따라 연이어 숯가마가 펼쳐져 있다. 코끝에 매캐하게 감겨 오는 나무 타는 냄새. 이제 막 불을 때는 가마가 있는가 하면, 벌겋게 달아오른 숯덩이를 꺼내는 가마도 있고, 벌써 숯을 다 꺼내고 따끈따끈한 가마 속을 찜질방으로 내어 준 가마도 있다. 이곳은 우리 땅에서 가장 많은 재래식 숯가마가 몰려 있는 횡성의 고래골이란 숯마을로, 모두 12기의 재래식 숯가마가 자리하고 있다.

현재 우리 땅에는 횡성을 비롯해 원주와 영월, 제천, 충주, 장성 등에서도 숯가마를 만날 수 있지만 온전한 재래식 숯가마는 그리 흔치가 않다. 예부터 우리 숯 문화는 공장처럼 운영하는 대형 숯가마 문화라기보다는 마을마다 한두 기씩 숯가마를 두고 거기서 나오는 숯은 연료로 쓰고 재와 목초액은 땅에 뿌려 농사를 짓는 식이었다. 혹은 산을 돌아다니다 나무가 많은 곳에 막을 짓고 가마를 만들어 숯을 굽다가 나무가 떨어지면 자리를 옮겨 다시 막을 치고 가마 만드는 일을 반복하는 숯 문화였다. 그러나 목재를 운반할 차량이 생겨나고, 길이 좋아지면서 산판을 따라 옮겨 다니던 숯가마는 바람이 별로 들지 않는 목을 찾아 한곳에 정착하게 되었다. 그렇게 고래골 숯가마는 바로 이 땅에서 가장 먼저 자리를 잡아 정착한 숯가마이기도 하다.

보통 숯가마는 진흙과 돌을 섞어 만드는데, 특이한 점은 굴뚝이 가마의 아랫부분에 자리하고 있다는 것이다. 이는 가마 내부의 온도를 균일하게 유지하기 위함이다. 기온이나 기압에 따라 완전한 숯이 되는 시기는 달라질 수 있으며 보통 불을 지핀 지 5~6일 만에 숯을 꺼낸다. 숯을 꺼낼 때는 가마 하나에 보통 10여 시간 정도가 걸리고 꺼낸 숯은 재를 덮어 하루 정도 식혔다가 골라낸다. 재래식 가마와 개량 가마의 가장 커다란 차이는 불구멍(아궁이)에 있다. 한마디로 재래식 가마는 앞에서 불을 때고, 개량 가마는 옆에서 불을 땐다. 가마의 지붕을 돔 형식으로 둥글게 만든 뒤 철심을 박아 고정시킨 것도

재래식 가마의 특징이다.

고래골을 비롯해 영월의 태백산 숯가마 등에서 내는 숯은 대부분 참숯으로, 모두 질이 좋은 백탄(발화가 끝나 발갛게 된 상태로 꺼내는 숯)이다. 과거에는 떡갈나무, 물푸레나무, 박달나무로도 숯을 냈지만 경제성이 없어 지금은 거개의 숯가마에서 참숯에 매달리고 있다. 재

래식 숯가마에서 내는 참숯은 주로 연료용으로 많이 나가는데 중국산 숯에 비해 불을 피우면 튀지 않는 것이 특징이다. 그러나 시중에서 유통되는 숯의 8할 이상이 수입 숯이고, 수입 숯의 대부분은 중국산이라고 한다. 음식점이나 업소에서는 싼값에 중국산을 쓰고 있지만, 간혹 유해성분이 함유된 질 낮은 중국산 숯도 대량으로 유통되고 있다.

낫 한 자루에 700번 망치질,
대장간 풍경

땅 따앙 쩡 쩌엉, 이른 아침부터 장터에 메질 소리가 울려 퍼진다. 소리가 나는 곳은 장터 한복판에 자리 잡은 옛 풍경 그대로의 대장간이다. 여기저기 쌓여 있는 쇳덩이와 쇳조각들, 한가운데 자리를 차지한 커다란 모룻돌, 화덕에서는 발갛게 갈탄이 타고 있고 이따금 단골손님이 낫이나 부엌칼 따위를 갈러 오면 대장장이가 스윽슥 스윽슥, 숫돌에 날을 벼리어 주는 모습이 오래전 시골 장터에서나 보던 바로 그 대장간 풍경이다.

곡성 장터에서 만난 대장장이는 50년째 쇳밥을 먹으며 한창 시절엔 하루 120자루의 낫을 만든 적도 있다고 한다. 보통 낫이 제 모양새를 갖추려면 일곱 번 이상 화덕에 들어가 불구덩이 신세를 져야 하고, 한 번 들어갔다 나온 낫가락은 100번 정도 망치를 맞아야 비로소 '쓸모 있는' 낫이 된다고 하니, 낫 한 자루마다 700번 정도의 망치질을 한 셈이다. "20~30년은 배워야 쇠에 대해서 알어요. 30년 넘어서면 저건 뭔 쇠다, 감이 오는 거요. 옛날에는 경부선 철가락 같은 거, 전라선 깔어진 거, 그걸 갖다 낫도 허구 도끼도 허면 그렇게 좋았어요."

사실 재래식 대장간이라 해서 눈대중으로 대충대충 만들어 내는 것이 아니다. 쇠를 선택하는 일, 풀무를 조절해 불의 온도를 맞추는 일, 메질과 망치질, 쇠의 강도를 결정하는 담금질을 모두 제대로 해야지만 제대로 된 물건이 나오는 법이다. 옛날에는 대장간에 풀무와 화덕을 비롯해 모루, 메, 망치, 집게 등의 연장이 모두 갖춰져 있었다. 그때는 순전히 풀무로 바람을 일으키고, 화덕 불을 피워 쇠를 달군 뒤 메질(혹은 망치질)과 담금질만으로 모든 연장을 만들어 냈다.

불과 30~40여 년 전까지만 해도 우리 주변에서는 적잖이 대장간을 만날 수 있었다. 곡성 대장장이에 따르면, 1970년대까지는 대장간이 그럭저럭 유지되었으나 1980년대 들어 급격히 대장간을 찾는 사람이 줄어들었다고 한다. 농촌에서도 이른바 기계화 바람이 불기 시작하면서 대장간도 내리막길로 접어든 것이다. 하여 이제는 전국을 따져 보아도 이런 재래식 대장간은 손에 꼽을 만큼 찾아보기가 힘들다. 어찌 보면 요즘 같은 시대에 대장간이 남아 있다는 것 자체가 이해할 수 없는 일인지도 모르겠다.

원시적인 멸치잡이,
죽방렴

경남 남해 창선과 삼동면에 걸쳐 있는 지족해협에서는 '죽방렴'이라 불리는 원시적인 고기잡이 통을 만날 수가 있다. 죽방렴이란 물 깊이가 얕은 바닷속 개펄에 부채꼴 모양으로 촘촘히 말목을 박아 그 부채꼴 발이 끝나는 곳에 둥그렇게 대나무 발통을 만들어 놓고, 들고나는 바다 물살을 이용해 고기를 잡는 거대한 붙박이 어구를 일컫는다.

현재 지족해협에는 20여 통의 죽방렴이 남아 있는데, 이곳에 이렇게 많은 죽방렴이 몰려 있는 데에는 그만한 까닭이 있다. 죽방렴이 들어서기 위해서는 말목을 설치할 수 있을 정도로 물깊이가 깊지 않아야 하고, 뭍과 뭍 사이가 기다랗고 좁다란 해협을 이뤄야 하며 물때에 들고나는 바다 물살의 속도도 아주 빨라야 하는데 지족해협은 바로 이 세 가지 조건을 모두 갖추고 있는지라 죽방렴이 들어서기에는 천혜의 조건을 갖추고 있다는 것이다.

이곳의 죽방렴에는 별별 잡고기가 다 들지만 본래의 목적이 멸치를 잡기 위한 것이어서 봄부터 가을까지 주로 멸치를 잡는다. 이미 알려진 대로 남해의 죽방렴 멸치는 멸치 중에 으뜸으로 쳐주는데, 그 까닭은 보통 그물로 잡을 경우 비늘이 떨어져나가 맛이 떨어지는 반면 죽방렴 멸치는 산멸치를 그대로 떠오는 것이므로 비늘이 떨어질 염려가 없어 그만큼 맛이 더 살아 있다는 것이다.

죽방렴에 가장 많은 멸치가 드는 시기는 8~9월로, 이때가 되면 목이 좋은 죽방렴은 발통(고기를 가두는 둥그런 대나무 통발) 안이 미어질 정도로 멸치가 든다. 일단 멸치가 들면 어부는 물때에 맞춰 배를 타고 나가 뜰채로 잡고기를 건져낸 뒤 멸치그물을 발통에 둘러쳐 끌어올리면 된다. 이때 그물 안을 들여다보면 은빛으로 파닥거리는 멸치떼가 마치 가득 담긴 은화라도 되는 양 반짝이는 것을 볼 수가 있다.

그러나 언제부턴가 이 죽방렴도 타산이 맞지 않아 숱하게 주인이 바뀌는 신세로 전락하였다. 멸치잡이 배들이 늘어나면서 죽방렴에

드는 멸치도 예전만 못해졌기 때문이다. 물론 목이 좋은 곳에 들어선 죽방렴이야 아직도 자릿값을 하는 편이지만 그 자리란 것이 이미 정해진 터라 옮길 수도 없는 노릇이다. "옛날에는 이거 하나 가지고 있으모 먹고 산다켔는데." 1960년대까지만 해도 논 스무 마지기하고도 바꾸지 않았다는 죽방렴. 그래도 지족해협의 어부들은 자연을 거스르지 않는 환경친화적인 고기잡이를 한다는 자부심으로 죽방렴을 지키고 있다.

모두들 배를 타고 먼 바다에 나가 멸치를 잡는 세상에 그들은 여전히 앉아서 멸치를 기다린다. 물 흐름에 따라 드는 고기만 잡고, 나는 고기는 그대로 둔다. 이른바 잔고기까지 싹쓸이하는 '고대구리'처럼 그물에 걸리는 것이면 닥치는 대로 잡아 올리는 고기잡이와는 사뭇 다른 것이다. 드는 대로, 나는 대로, 물 흐르는 대로 자연을 거스르지 않는 고기잡이. 지족해협에서만 볼 수 있는 풍경이다.

돌담을 쌓아 고기를 잡는 독살

서천은 한때 영광과 더불어 조기가 넘쳐나는 황금어장이었다. 그러나 지금은 조기의 씨가 마른 지 오래고, 조기 대신 이제는 자하가 많기로 으뜸인 바다가 되었다. '자하'라는 이름은 본래 '붉은 새우'라는 뜻으로, 투명한 잔새우를 일컫는 말이다. 이 자하는 바다새우 가운데 가장 작고 색이 연한 새우로, 몸체가 아주 투명해 물속에서는 여간해서 눈에 띄지 않는다. 투명한 새우에 자하라는 이름이 어울리지 않을 듯하지만, 이 잔새우로 젓을 담그면 숙성하는 과정에서 붉은 젓갈로 변해 그렇게 부르는 것이다.

본래 자하는 청정해역에서만 서식하는 환경지표종이나 다름없어서 서천 앞바다에 자하가 많다는 것은 그만큼 이곳의 바다가 아직까지는 오염되지 않았다는 것을 나타낸다. 워낙에 몸체가 작은지라 자하를 잡는 방법은 다른 새우잡이와는 사뭇 다르다. 서천에서는 일반적으로 모기장처럼 결이 촘촘한 그물을 직사각형의 틀에 마치 커다란 주머니를 달듯 길게 늘어뜨려 그것으로 바닥을 훑듯 한참을 잡아당기면서 잡아낸다. 하지만 하도 작은 새우여서 한번 그물을 치면 고작 한 움큼 정도 잡을 수 있다. 이렇게 잡은 자하는 모두 젓갈용으로 쓰이며 지금도 젓갈 가운데 가장 귀한 젓갈로 손꼽히고 있다.

이곳에서 자하를 잡는 또 하나의 방법은 독살을 이용하는 것이다. 독살이란 바닷가에 마치 성을 쌓듯 빙 둘러 돌담을 쌓아 고기를 잡는 것으로, 비인면 장포리라는 곳에 두 개의 독살이 옛 모습 그대로 남아 있다. 독살로 자하를 잡는 원리는 이렇다. 밀물 때 바닷물이 차면 독살 윗부분까지 찰랑찰랑 물이 넘치지만, 썰물이 되면 한꺼번에 물이 빠져나가 독살 안에 있던 자하가 갇히게 된다. 이때 물이 더 빠지기를 기다렸다가 미처 빠져나가지 못한 자하를 그물로 떠내면 되는 것이다. 그러나 장포리 독살을 50년 넘게 지켜온 독살어부에 따르면 자하도 잡고기도 이제는 예전만 못하다고 한다. "그물로 다 잡아버링께, 읎어 인제는 자하가. 원판 잡는 사람이 많응게. 대구리가 옛날에는 하나가 댕기든 게 지끔은 열이 왔다갔다 헝게." 그에 따르면 자

하는 보통 여름부터 가을까지가 제철이다. 이곳의 독살은 전체 둘레가 무려 100여 미터에 이를 정도로 규모가 크다. 하지만 독살이란 것이 태풍이 한 번 지나가고 나면 어딘가 한 군데씩은 망가지게 마련이어서 사람이 돌보지 않으면 무너지는 것은 시간문제다.

한편 남해 홍현리에도 이런 독살을 볼 수 있는데, 이곳에서는 석방렴이라 부른다. 석방렴은 바닷가에 돌담으로 울타리를 만들어 밀물 때 들어온 물고기를 썰물 때 잡기 위한 원시적인 어로 방식이다. 석전, 석제, 독살, 돌발, 발장이라고도 불린다. 이곳의 석방렴 역사는 200여 년 전으로 거슬러 올라가는데, 1957년 사라호 태풍 때 대부분 유실되었다. 홍현리에서 볼 수 있는 석방렴도 군의 지원을 받아 옛날 석방렴이 있는 장소에 복원한 것이라고 한다.

여자만
참꼬막 뻘배잡이

비릿한 바람을 따라 여자만(순천만)으로 간다. 순천에서는 순천만이라 부르지만 벌교와 여수에서는 옛날부터 여자만으로 불러 온 곳이다. 차창을 열고 숨을 들이쉴 때마다 갯것들의 질척한 사는 냄새가 난다. 한껏 바닥을 드러낸 갯벌에는 무수한 숨구멍들이 본색을 드러내기 시작한다. 온갖 날것들이 저곳에서 기고, 튀어나오고, 숨고, 먹고 먹히는 삶의 전쟁과 휴식을 동시에 치러 내고 있다. 저만치 물이 빠져나가면서 뻘과 함께 살아온 장암리 혹은 대포리 여자들은 생계의 텃밭인 갯벌로 뻘배를 밀고 나간다. 이들은 뻘배에 몸을 맡기고 한쪽 발로 푹푹, 빠지는 뻘을 밀어 십 리도 가고 시오 리도 간다. 찰지기만 한 여자만 갯벌에는 옹골찬 참꼬막이 널리고 널려서 한 번 들어갈 때 한 가마니쯤 캐는 것은 일도 아니다.

여자만에서는 뻘배가 여자들의 자가용이고 트럭이다. 이곳에서는 무턱대고 갯벌에 들어갔다가는 낭패를 보기 십상이다. 뻘이 깊은 곳은 사람이 잠길 정도이고 모래가 섞이지 않은 찰진 개흙이어서 발을 빼기조차 쉽지 않다. 꼬막잡이에 나선 이로서는 뻘에서의 기동성이 생산성으로 이어지는 데다 무거운 꼬막 자루를 나르려면 바닥이 넓적하고 기다란 뻘배가 더없이 실용적인 이동수단이 된다. 뻘배에는 철사가 촘촘히 박힌 채취기를 매달아 배를 밀 때마다 꼬막이 걸리도록 해 놓는다. 어느 정도 걸렸다 싶으면 채취기를 털어 함지박에 꼬막을 쏟아 내는데 함지박 하나를 다 채우면 15킬로그램 정도, 하루 꼬박 잡아 쌀 한 가마 분량을 다 채우면 80킬로그램 정도 된다.

물때에 따라 다르긴 해도 꼬막잡이는 보통 네댓 시간 이상이 걸리는 중노동이다. 그래도 참꼬막이 없으면 밥도 못 먹는다는 벌교 사람들이기에 일단 여자만에서 나온 참꼬막은 순식간에 동이 난다. 흔히 꼬막은 참꼬막과 새꼬막으로 나뉘는데, 벌교에서는 새꼬막을 '똥꼬막'이라 부를 정도로 푸대접을 한다. 새꼬막보다 훨씬 더 고소하고 담백한 것이 참꼬막인 데다 여자만의 옹골찬 뻘밭에서 여자들의 눈물겨운 노동으로 가져 온 것이 참꼬막이기 때문이다. 새꼬막은 바다에 그물을 내려 꼬막이 달라붙으면 끌어올리는 방법으로 잡지만, 참꼬막은 뻘밭에 잠겨 있어 일일이 손으로 캐내지 않으면 안 된다. 새꼬막보다 참꼬막값을 훨씬 더 쳐주는 까닭도 여기에 있다. 꼬막의 구별은 가장 먼저 껍데기의 세로줄을 보면 안다. 세로줄이 듬성듬성하고 깊이 패여 있으면서 두께가 두툼하면 참꼬막이고, 두께나 세로줄이 민숭민숭하면 새꼬막이다.

해 질 무렵 뻘밭에 나간 사람들이 뻘배를 타고 일제히 돌아오는 모습은 실로 아름다움을 넘어 감동스럽기까지 하다. 먼 갯벌로부터 밀려들어오는 뻘배 군단의 상륙작전은 용감했고, 누구랄 것도 없이 뻘흙으로 뒤범벅된 삶은 숭고했다. 갯가에 도착한 사람들은 시멘트 시설을 한 간이 세척장에서 꼬막 자루를 통째로 헹구어 내놓고 옷과 얼굴에 묻은 뻘흙을 씻어 낸다. 기다리고 있던 경운기가 꼬막 자루를 실어 나가면 그제야 사람들은 뻘배를 갯바위 근처에 매어 놓고 집으로 총총 돌아간다. 하지만 그네들의 마음만큼은 늘상 돌아가지 못하고 생계의 텃밭인 저 갯벌에 매어져 있다.

해질 무렵 뻘밭에 나간 사람들이 뻘배를 타고
일제히 돌아오는 모습은 실로 아름다움을 넘어 감동스럽기까지 하다.

4
마을문화

사라져 가는 오지마을

오지……. 가보지 않은 그 미지는 늘 내 여행을 자극했다. 오지로 이어진 길은 나에게 '길의 미식가'로 살도록 등 떠밀었다. 가파르고 에움진 고개와 굽이만으로 시골길은 나그네의 따분하고 밋밋한 상상력을 자극하기에 충분했다. 오랜 세월 여행자로 살아온 나에게 오지는 길이 다한 메타포와 같았다.

사실상 '오지마을'이란 개념은 시간개념이다. 지층연대가 지금으로부터 훨씬 이전의 시간으로 거슬러 오를수록 '오지마을'에 가깝다는 이야기다. 그런데 또 이 시간개념은 공간적인 제약에서 비롯된다. 가령 지리적인 격리가 심할수록 시간적인 격리도 심해진다. 공간 단절이 시간 단절을 가져온 셈이다. 그러나 최근 이러한 시공간의 거리, 즉 지층연대끼리의 간극은 급격하게 좁혀지고 있다.

당연히 사람들은 이것을 발전이라고 부른다. 사정이 이러하다 보니 오늘날 오지마을을 만나기 위해서는 점점 더 깊은 산골짝으로 찾아들어야만 한다. 사실 20여 년 전 나는 2~3년에 걸쳐 오지마을을 여행한 적이 있고 그 결과물을 엮어 책을 내기도 했었다. 하지만 책에 실린 오지마을이 아직까지 오지마을로 남아 있는 경우는 거의 보지 못했다. 그것은 마치 사라지기 위해 존재하는 마을 같았다.

늘 그랬듯 시골의 가치는 도시의 논리에 묻혀버린다. 도시라는 거대한 괴물은 호시탐탐 힘없는 농촌을 집어삼킬 생각만 한다. 물론 시골이란 곳이 춥고, 불편하고, 멀기까지 하며 없는 것이 많다는 것을 부정할 수는 없다. 그러나 그것이 시골의 문제라고 보는 것은 도시적인 시각일 뿐이다. 사실 도시의 문제가 훨씬 더 심각하다. 매연과 폐수, 교통체증, 쓰레기문제, 자원고갈과 환경파괴는 그저 표면적인 문제에 불과하다. '도시화'라는 개발논리는 전통적인 인간관계를 무너뜨렸고 실업자와 노숙자를 늘려 놓았으며 질 나쁜 범죄와 신종 질병과 재앙, 정신적 피폐함을 가져왔다. 개발의 혜택은 소수에게는 엄청난 이득을 안겨 주었지만 다수에게는 비참함과 낭패감만 안겨 주었다. 개발이 우리의 생활에 변화를 가져왔을지언정 개

선을 가져오지는 못한 것이다.

레비-스트로스는 도시가 '인간의 가장 뛰어난 발명품'이라고 했지만 이것은 그저 우리가 꿈꾸는 도시상일뿐 오늘날 도시의 모습은 아니다. 자연을 향해 구불구불 이어지던 고샅길은 고속도로에 멸망했고, 산자락을 에둘렀던 다랑논은 공장에 패배했다. 커다란 나무는 베어졌으며 나무에 깃든 신성성도 함께 잘려 나갔다.

개발 앞에서는 모든 옛것이 진부한 것이었으며, 모든 자연이 거추장스러운 장애였다. 이런 현실은 지금껏 과거와 현재, 개발과 자연의 행복한 공존이 불가능하도록 만들었다. 사실상 해방 이후 우리를 지배한 이데올로기는 보수와 진보도 아닌 개발이었던 것이다. 개발이 모든 것을 변화시켰다. 세상이 아무리 발전한다고 해도 원하는 것을 버튼 하나로 다 얻을 수는 없다. 그런 세상은 절대로 오지 않는다. 세상이 이토록 발전했는데도 우리가 행복하지 않은 건 바로 그 때문이다.

마지막 오지마을, 인제 마장터

마장터 가는 길은 바퀴가 갈 수 없는 길이다. 그래서 더욱 마음을 잡아당기는 이 길은, 미시령에서 제법 수량 많은 계곡을 건너야 시작된다. 그것도 눈을 씻고 보지 않으면 보이지 않는 탓에 산사람들은 이를 샛령길이라 부른다. 옛날 고성이나 속초의 마부들은 소금을 싣고 이 샛령길을 넘었고, 인제나 원통의 지게꾼들은 감자나 잡곡을 지고 이 길을 넘어 마장터에 이르렀다. 마장터는 일종의 난전으로 물물교환을 하던 산중장터였다. 마장터라는 이름은 바로 이곳에 말이 쉬어가는 마방과 주막이 있었다는 데서 비롯된 것이다.

길은 계곡을 따라 구불구불 이어지다가 이내 울창한 숲으로 꼬리를 감춘다. 곰이라도 나올 것만 같은 이 무섭도록 적막한 숲길. 이곳에서 사람을 만날 확률은 멧돼지를 만날 확률보다 훨씬 낮다. 내 옆에는 낮게 깔린 적막과 적막을 적시는 계곡과 하늘에 잠긴 나무들, 숨찬 언덕과 평화 그리고 거친 숨소리뿐이다.

작은 샛령을 넘어가면 낙엽송 숲길 건너 마장터가 지척이다. 이곳의 낙엽송 지대는 40여 년 전 화전민을 내쫓고 그들의 터전이었던 불밭과 마을에 새로 조림한 것이다. 한때 마장터에는 30여 가구가 마을을 이루어 살았는데 처음에는 장사치들이, 난전이 사라지고 나서는 산판을 따라나선 벌목꾼들과 불밭을 일구어 살던 화전민들 그리고 약초꾼들이 터를 잡고 살았다. 그러다 1970년대 화전민을 내치면서 마을은 쑥대밭으로 변했다. 다행히 쑥대밭 신세를 면한 곳은 지금까지 남아 있는 두 채의 샛집뿐이다.

마장터에 있는 한 칸짜리 샛집에는 약초꾼이 산다. 방 안은 두 사람 정도가 발을 뻗으면 장작 한 개비 들어갈 틈도 나지 않는다. 말 그대로 오막살이다. 그는 봄에는 나물, 여름에는 약초, 가을에는 버섯을 따서 생계를 꾸려 간다. 그가 마장터에 들어온 것은 30년도 넘었다. "여가 샛령이요. 저 인제에설라무네 사람들이 무곡(옥수수)을 싣고 넘어오면 저기 고성에서는 그때 소금 굽는 데가 많았는데, 그 소

마장터에 있는 한 칸짜리 샛집.
이 문명화된 세상에 마장터는 비문명의 방식으로 엄연히 존재한다.
서울과는 전혀 다른 지층연대 위에 마장터는 그렇게 존재한다.

금을 당나귀에 싣고 넘어와 여서 물물교환을 해. 그전에는 여기에 주막도 있었고, 마방도 있었어. 저기 오다 보면 낙엽송 있잖아. 거기가 다 밭이었어, 그전에는."

약초꾼에 따르면 이곳에 있는 두 채의 집은 30년 전까지만 해도 모두 굴피집이었다고 한다. 그러나 굴피 채피가 어려워지면서 억새를 베어다 지붕을 덮었던 것이다. 지금도 윗집은 억새지붕 속에 그 옛날 덮어 놓았던 굴피를 볼 수가 있다. 샛집이란 말 그대로 억새로 지붕을 덮은 집을 말한다. 멀리서 보면 초가와 다를 바 없지만 그 운치는 초가에 비할 바가 아니다. 이곳에는 당연히 전기조차 들어오지 않는다. 방에서는 아직도 등잔불을 켜고, 아궁이에서 꺼낸 불씨를 화덕에 담아, 거기에 라면을 끓이고 밥을 한다. 냉장고는 필요 없다. 개울 옆 우물이 차고 시원한 냉장고여서 김치며 반찬도 거기에 둔다.

분명 이 문명화된 세상에 마장터는 비문명의 방식으로 엄연히 존재한다. 서울과는 전혀 다른 지층연대 위에 마장터는 그렇게 존재한다. 마치 1시간쯤 타임머신을 타고 30년 전으로 돌아간 듯, 마장터는 현실 밖의 지층연대 속에 있었다. 잠깐 동안 나는 등잔불 밑에서 연필에 침 묻혀 가며 숙제를 하던 유년시절로 돌아갔다. 어디선가 왁자한 장사치들의 흥정소리와 비루먹은 나귀의 워낭소리가 나른하게 들려왔다.

간신히 흘러가는 시골길

때때로 차를 버리고 걷고 싶은 길이 있다. 오로지 발바닥으로 흙바닥과 교감하며 길의 질감을 느끼고 싶은 길이 있다. 인류 문명사의 가장 위대한 발명품 가운데 하나가 길이라고 했던가. 그러나 그것은 속도와 물류 기능이 더해진 '도로'가 되면서 자연과 자원을 파괴하는 통로가 되고 말았다.

길과 도로는 기능적으로 다른 것이다. 길이 태생적이고 자연적인 것이라면, 도로는 인위적이고 문명적인 요소가 가미된 것이라 할 수 있다. 길은 애당초 보행을 목적으로 한 것이지만, 도로는 자동차나 기차와 같은 교통수단을 위한 것이다. 길에는 자연의 모든 흔적과

무수한 이야기가 깃들어 있지만, 도로에는 시공일자와 교통사고의 흔적만 남아 있을 뿐이다. 어쩐지 길에서는 걸어야 할 것 같고, 도로에서는 달려야 할 것 같은 기분이다.

우리의 길이 맨 처음 파괴되기 시작한 것은 일제 강점기 때 침략과 수탈을 위해 필요했던 철길과 교통로를 건설하면서부터다. 당시 최대한 넓고 곧게 도로를 건설해야 했고 그 과정에서 수천 년이나 이어져 온 우리의 길은 뭉청뭉청 잘려 나가거나 일직선으로 뻗은 신작로가 되고 말았다. 우리의 옛길은 새마을운동과 함께 시작된 경제개발시대에 이르러 또 한 번 대대적인 수난을 당해야 했으며 그 수난의 길은 오늘날까지도 계속되고 있다.

최근에는 옛길을 복원한다는 명분 아래 지자체마다 온갖 옛길이 생겨나고 있지만, 그것이 온전한 옛길은 아니다. 그래서 더욱 겨우 남아 있는 시골길은 눈물겹다. 간신히 흘러가는 시골길은 안쓰럽다.

사람과 자연의 행복한 어울림, 다랑논

구부러지고 휘어지며 이루어내는 논두렁의 아름다운 굴곡을 보라. 멀리서 보면 마치 층층이 계단을 이룬 것처럼 보여 계단식 논이라고도 불리는 이 풍경은 아직도 기계의 힘이 미치지 못하는 산골짝이나 비탈이 심한 바닷가에서 종종 만날 수 있는 풍경이다. 워낙에 산이 많았던 탓에 과거 우리네 논은 거개가 다랑논이었다. 밭이야 굳이 물을 가둘 필요가 없었으니 그냥 비탈밭이라도 문제가 없었지만 논은 천수답일지언정 물을 가두자면 편평해서 보 노릇을 해야 했다. 그러다 보니 층층이 돌멩이나 흙을 다져 둑을 쌓은 다랑논이 생기게 된 것인데 이 다랑논의 논둑은 하나같이 산자락의 굴곡을 고스란히 따랐다. 하여 어떤 논은 크고, 어떤 논은 작았으며 어떤 논은 높고, 어떤 논은 낮았다.

함양 휴천에 들렀을 때 본 바로는 정말 거짓말 조금 보태 손바닥만 한 논들도 적지 않았다. 거기서는 이런 이야기 한 토막이 전해온다. 어떤 사람이 다랑논 모내기를 다 끝내고 집으로 가려고 하는데 마지막 한 뙈기가 더 남았더란다. 알고 보니 모내기할 때 벗어 놓았던 모자에 가려 논 한 뙈기를 빠뜨리고 모내기를 했던 것인데 이는 모자로 가릴 만큼 작은 논도 있었다는 우스갯소리다.

'다랑논' 하면 역시 지리산 자락의 다랑논을 빼놓을 수가 없다. 특히 지리산 자락을 끼고 있는 함양의 마천(도마마을)과 휴천, 남원의 산내 인근 다랑논은 많은 사진가와 풍류객들로부터 자연과 어우러진 인간의 위대한 예술품이라는 평가를 받기도 했다. 피아골의 다랑논과 토지면 문수리의 다랑논 역시 대단한 풍경을 자랑한다. 또 경남 남해 가천리에서는 옥빛 바다와 다랑논 굴곡의 절묘한 어우러짐을 만날 수 있는데 사람들에게는 이곳의 다랑논이 가장 알려져 있다.

사실 다랑논이 하는 노릇은 단지 농작물 생산에만 있지 않다. 환경적으로 볼 때 이것은 장마철에 홍수를 조절하고 산사태를 막는 등 그 하나하나가 작은 댐이며, 무리를 이루면 거대한 자연댐이나 다름없다. 그러나 이런 자연댐들은 농경지 정리와 함께 상당수 우리 곁에서 자취를 감추었다.

서양의 문화가 직선의 문화라면, 우리네 문화는 곡선의 문화였다. 돌이켜보건대 옛날 우리가 살던 곳의 풍경은 온통 곡선으로 이루어져 있었다. 논밭도 그렇거니와 길이란 것도 강이 있으면 강의 굴곡을 따라, 계곡이 있으면 계곡의 경사를 따라, 나무가 있으면 비켜가고, 바위가 있으면 돌아가는 그런 길이었다. 사람이 사는 마을의 골목도 그러했고 산자락의 굴곡을 고스란히 닮은, 이엉을 얹은 초가지붕이 그러했다. 우리에게 자연이란 개척과 개발의 대상이 아닌 공존과 친화의 대상이었다. 그러나 점차 개발논리가 지배논리로 자리 잡기 시작하면서 우리의 곡선문화는 급격히 직선문화로 바뀌고 말았다. 그래서 더 잘 살고, 편리해졌을지는 몰라도 그래서 더 각박해지고, 딱딱해진 것 또한 부정할 수 없다.

지리산 자락을 끼고 있는 함양 도마마을 다랑논(위)과
남원 산내마을 다랑논(오른쪽).

강마을의 서정,
뱃사공과 줄나룻배

강을 사이에 두고 마을과 사람을 이어 주는 것은 한 척의 나룻배였다. 그러다 보니 나룻배가 오가는 나루터에는 별별 사연도 많고, 사건도 많았다. 반가운 만남이 있는가 하면 아쉬운 이별도 있었다. 누가 누구와 정분이 났다더라, 누구는 애비 몰래 소 팔아 서울로 외입을 갔다더라, 별별 소문과 뒷얘기가 난무하던 곳도 나루터였다. 이런 온갖 소문과 사연을 부풀리고 이웃에게 전파하는 노릇은 주로 뱃사공이 도맡았다. 물론 개똥이 총각이 복순이를 좋아한다더라며 산파 노릇을 한 이도 따지고 보면 뱃사공이었다.

"아우라지 뱃사공아 배 좀 건너 주게/싸리골 올동백이 다 떨어진다.” 정선 아라리 가락에 나오는 이 애달픈 구절도 사실은 강을 사이에 두고 처녀, 총각을 실어 나르던 뱃사공이 두 사람의 안타까운 사연을 대신해 불러 준 것이라 한다. 지금이야 흔한 게 다리지만, 이것이 생기기 전까지만 해도 나룻배는 강마을의 유일한 교통수단이었다. 장을 보러 갈 때나 학교에 갈 때도 꼭 필요한 것이 나룻배였으므로 대개 강마을에서는 뱃사공을 따로 두고 가을에 곡식을 거두어 뱃삯을 치렀다.

나 또한 어린 시절 강마을에서 자랐는데 그 추억이 아직도 새록새록하다. 학교에 가기 위해 아침에 나루터로 나가면 뱃사공은 먼저 누가 왔나, 안 왔나를 살펴 다 온 뒤에야 배를 건너 주었다. 학교에서 돌아올 때도 혼자서는 건너 주는 법이 없었고 최소한 두세 명쯤은 되어야 배를 건너 주었는데, 이때 강 건너에 이르면 큰 소리로 “배 건너 와요, 배 건너 와요”를 몇 번이나 외쳐야 했다. 그러면 사공이 집에서 나와 몇 명인가를 살피고는 천천히 나루터로 와서 삿대를 밀고 노를 저어 왔다. 삐거덕 삐거덕, 노 젓는 소리가 지금도 들리는 듯하다.

그러나 지금 이런 나루터 풍경은 아득한 추억의 풍경이 된 지 오래다. 나룻배가 아직도 남아 있는 섬진강이나 동강, 서강에서조차 이제는 대부분 줄나룻배(줄배)라는 것을 이용해 배를 건넌다. 줄나

ⓒ신병우

룻배란 강 양편에 줄을 놓아 그것을 잡아당겨 강을 건너는 배를 일컫는데, 이는 따로 사공을 두지 않아도 되는 편리함이 있어 사람이 별로 살지 않는 외딴 강마을에서 아직도 유용하게 쓰이고 있다. 그러나 아무래도 배의 운치를 즐기기에는 삿대를 짚고, 노를 젓는 그 옛날의 나룻배에 비길 바가 못 된다.

시대를 거슬러 올라가 만난 섶다리

굽이굽이 주천강을 따라가면 잊힌 추억, 섶다리가 나온다. 그것은 마치 다른 시대에 존재하는 시간의 다리처럼 놓여 있다. 이쪽의 현실에서 다리를 건너면 저쪽의 과거로 사라질 것만 같은. 주천강을 가로지르는 이 주천리 섶다리는 그냥 섶다리가 아니다. 섶다리를 쌍으로 질러 놓은 쌍섶다리다. 때마침 눈발이 거세졌을 때, 나란히 쌍섶다리를 건너오는 어떤 연인의 모습이 인상적인 장면을 연출하고 있었다. 그것은 충분히 미화될 만한 장면이었다. 분분한 눈 떼와 쌍섶다리를 나란히 걷는 연인.

섶다리 위로 한바탕 눈 떼가 지나간 뒤 거짓말처럼 눈이 그쳤다.

그곳에는 이제 썰매를 타러 가는 동네 아이들이 건너 오고 있다. 섶다리를 건넌 녀석들은 좀 더 강폭이 넓은 곳으로 옮겨 가 썰매를 타고 놀기 시작했다. 주천의 쌍섶다리는 그 유례가 깊다. 300여 년 전 조정에서는 원주에 부임하는 강원 관찰사로 하여금 단종이 묻힌 장릉을 참배토록 하였는데 이때 주천강을 사이에 둔 주천리와 신일리 사람들이 쌍섶다리를 놓아 장릉 참배에 나서는 관찰사 일행을 도왔다. 억울하게 죽은 단종의 슬픔을 누구보다 잘 알고 있는 영월 사람들이었기에 이들에게 쌍섶다리 놓기는 통행의 목적보다 단종을 기리는 의식에 가까웠다.

주천에서는 이때 읊었던 '쌍다리 노래'가 여전히 전승되어 온다. "에헤라 쌍다리요/다리 노러 모두 가세/다리 노러 같이 가세/에헤라 쌍다리요/장릉 알현 귀한 길의/강원 감사 그 행차가/에헤라 쌍다리요/편안히 건너도록/에헤라 쌍다리요/나무꾼은 나무 베고/장정은 다리 놓고/에헤라 쌍다리요." 서강으로 흘러드는 주천강과 평창강에는 수십 년 전만 해도 웬만한 강마을마다 섶다리 하나씩은 당연히 있어야 하는 것이었다. 당시에는 이 섶다리가 마을과 마을을 잇는 유일한 소통의 구실을 했다. 하지만 강마을 곳곳에 시멘트 다리가 생겨나면서부터 섶다리는 없어도 그만인 것이 되고 말았다.

주천에서 고갯마루를 넘어가 만나는 판운리에도 섶다리가 있다.

이곳의 섶다리는 하나만 질러 놓은 외섶다리다. 사실 주천리의 쌍섶다리도 판운리 장정들이 원정을 가서 놓은 것이다. 판운리의 섶다리는 주천리의 그것보다 훨씬 길어서 이쪽에서 저쪽으로 건너가는 것만도 한참이 걸린다. 섶다리를 둘러싼 풍경도 주천리보다 제법 운치가 있다. 과거 판운리에서는 해마다 가을걷이가 끝나면 마

을 장정들이 품앗이로 모여 버드나무를 베어다 다릿목을 세운 뒤 솔가지를 위에 얹고, 뗏장을 덮어 섶다리를 놓았다. 마을 위쪽에 시멘트 다리가 생기면서 한동안 섶다리는 자취를 감추었다가 몇 년 전 다시금 부활하였다. 이후 판운리 섶다리는 평창강을 찾는 여행자들에게 '추억의 상품' 노릇을 톡톡히 해 오고 있다.

놓으면 떠내려가는 나무다리

평창강을 거슬러 올라가 만나는 뇌운계곡에서는 섶다리와 그 본새가 다른, 단순하고 소박한 나무다리를 만날 수 있다. 뇌운리에 있는 이 나무다리는 외지인은 잘 알지 못해 사람들이 거의 찾아오지 않는 곳에 비밀스럽게 놓여 있다. 뇌운리 나무다리는 통나무를 여러 개 잇대어 놓은 모양으로 그 길이가 30여 미터에 이른다. 하지만 1시간 넘게 나무다리 근처를 서성거려도 좀처럼 사람을 만날 수 없다.

주천리와 판운리의 섶다리에 비해 너무 적막해서 쓸쓸해 보인다. 나는 계곡의 물이 다릿목에 부딪치는 소리에 묻혀 나무다리를 열

번도 더 건너 보았다. 건너다 한번은 잔설에 미끄러져 하마터면 물에 빠질 뻔도 하였다. 그러다 끝끝내 다리를 지나는 사람을 만나지 못하고 발길을 돌렸다.

오래전 남대천 상류인 어성전에서도 운치 있는 나무다리를 만난 적이 있다. 해마다 겨울이면 만날 수 있는 이곳의 나무다리는 외나무다리다. 물길 중간 중간마다 버팀돌을 쌓아 놓고, 그 위에 통나무를 질러 놓은 단순한 모양을 하고 있다. 통나무가 끝나는 곳에는 다시 징검다리를 놓아 외나무다리와 연결해 놓았다. 물론 비가 많이 오면 떠내려가기 십상이어서 해마다 서너 번씩 다리를 놓을 때도 있다고 한다.

옛집에 깃든
집안 신

옛 사람들은 집안에 신이 깃들어 있다고 믿었다. 집안에 거처하는 여러 신 가운데 으뜸은 성주로, 집안의 중심인 대청마루에서 집안 전체의 운과 복을 관장한다. 성주의 신체는 가위로 모양껏 오려 낸 한지와 명주실타래, 삼베 조각 등으로 꾸미며 단지에 쌀을 넣은 성주단지를 신체로 모시기도 한다. 대청마루에는 조상의 위패를 모신 감실을 두어 조상신을 모시기도 하였다. 대청이 없었던 가난한 집에서는 안방 선반에 햇곡식을 넣고 한지로 봉한 단지를 두어 이것을 신주단지 또는 조상단지, 제석단지 등으로 불렀다.

안방에는 아기를 점지해 주고, 생명을 돌보는 삼신할미가 깃들어 있었다. 삼신의 신체는 박으로 만든 바가지에 쌀을 넣고 한지로 봉하거나 바가지 대신 작은 단지를 봉해 시렁에 올려 놓기도 한다. 부엌에는 불과 재물을 관장하는 조왕신이 기거한다. 조왕신의 신체는 부뚜막 솥단지 위에 '조왕단'이라는 턱을 따로 마련해 그곳에 정화수를 떠 올려 놓는 것으로 신체를 삼는다.

그런가 하면 집의 출입구인 대문에는 수문장신이 지킴이 노릇을 한다. 옛 사람들은 모든 복의 드나듦이 대문을 통하며 액운의 드나듦도 대문을 통한다고 믿어 왔다. 하여 수문장신의 신체는 가시

집안 신 가운데 으뜸인 성주(왼쪽 아래).
아기를 점지해 준다는 삼신(오른쪽 아래).
삼신의 신체는 보통 바가지를 삼는다.

가 숭숭한 엄나무를 걸어 놓거나 동물의 뼈 또는 말린 쑥을 걸어 놓아 잡귀와 액운을 물리치고자 했다. 집 뒤란에도 집터를 관장하는 터주신이 깃들어 있다고 여겼다. 터주신은 장독대 근처에 모시는데 일반적으로 짚주저리를 세워 신체로 삼는다. 이것을 터주가리 혹은 터줏대감, 토지막이라 부른다.

장독에는 자식의 건강을 돌보는 칠성신이 깃들어 있다. 칠성신에게 빌 때는 조왕신에게 빌 때처럼 항아리 위에 정화수를 떠 놓고 빈다. 따로 신체를 두지 않는 경우가 많지만, 지역에 따라 터주가리 모시듯 곡식을 담은 단지를 신체로 삼는 곳도 있다. 뒷간은 측신이 가족을 보호하고 관장하는 곳이다. 대체로 측신의 신체를 따로 모시지 않지만, 새로 뒷간을 짓거나 옮길 때면 반드시 날을 받아 고사를 지냈다. 이 밖에도 집에는 업이라는 것이 재복(재물)을 관장한다고 믿었다. 업은 헛간이나 지붕을 비롯해 집안 곳곳에 깃들어 있으며 주로 집구렁이나 족제비를 업신으로 여긴다. 제주에서는 업을 칠성이라 하여 뭍에서의 짚주저리보다 훨씬 큰 '칠성눌' 주저리를 세워 모신다. 샘물이나 우물에도 용신(또는 용왕신)이 깃들어 있다고 믿었으며 외양간에도 우마신이 가축의 건강과 안전을 관장하고, 마당에도 오방신장이 나쁜 액운을 막아 준다고 여겼다.

옛날 우리에게 집이란 사람과 신이 한데 어울려 공존하는 공간이나 다름없었다. 그러나 오래전 새마을운동과 함께 진행된 미신타파 정책이 우리네 옛집에서 신을 강제로 쫓아내 버리는 결과를 초래하였고, 사람들도 점차 그들을 믿지 않게 되면서 집안에 머물던 신들은 하나둘 믿을 수 없는 곳으로 떠나고 말았다. 신들이 떠난 집에는 성주 대신 TV가, 삼신 대신 컴퓨터가, 조왕 대신 냉장고가, 수문장신 대신 인터폰이 신들의 자리를 차지해 버렸다. 요즘 아이들에게는 이제 그것들이 신이나 다름없는 존재가 되어 가고 있다.

집안 신의 으뜸,
성주

옛날 사람들은 성주가 집안의 모든 길흉화복을 관장하고, 각각의 여러 신들까지 거느린다고 여겼다.

정선 땅 숙암리 단임마을에서 만난 성주는 부엌 대들보 아래에 걸려 있었는데, 역시 무명 실타래와 한지 오라기로 신체를 꾸몄다. 또 영주 땅 무섬마을에서 만난 성주 역시 한지와 실타래로 신체를 꾸몄으며, 툇마루 대들보에 그 신체를 모시고 있었다. 이 무섬마을에는 성주 신체를 비롯해 성주단지(성주독)도 여러 집에서 모시고 있었는데, 모두 툇마루 구석에 항아리를 놓고 그 안에 햅쌀(돈을 같이 넣어 두는 곳도 있다)을 넣어 놓았다. 때로는 이 성주단지 속 쌀의 빛

깔과 쌀 위에 그려진 무늬를 보고 집안의 길흉을 점치기도 했다. 가령 빛깔이 안 좋거나 무늬나 자국이 어지럽게 나 있으면 집안에도 어지러운 일이 생길 징조로 여긴 것이다.

대체로 성주단지는 대청마루에 모시는 게 보통이며 마루 선반이나 안방 선반에 쌀을 담은 작은 항아리를 올려 두기도 했다. 성주단지에 쌀을 담는 까닭은, 농경사회에서 가장 중요한 것이 곡물이고 곡물 가운데서도 으뜸이 쌀이었으므로 그해의 햅쌀을 성주에게 바치는 극진한 예우로 집안의 안녕을 기원했던 것이다. 옛날에는 집을 짓고 나서도 '새 성주를 모셨다'는 뜻에서 제를 올렸고 명절이나 당제, 제사를 지낼 때에도 따로 성주상을 차려 바쳤으며 굿을 할 때에도 성줏굿을 가장 먼저 했다. 또한 음력 9월 9일을 성주맞이날이라 하여 제를 지내는 지역도 있었으며 보름날 찰밥을 성주단지에 올리기도 하였다.

조왕중발 혹은 조왕신 모시기

옛날에는 부엌이란 것이 여성의 공간인 동시에 불과 물을 다루고 음식을 만들어 내는 중요한 공간이었다. 우리 민속에서는 이 중요한 공간을 조왕신(조왕 할매)이 관장한다고 보았다. 주로 부엌에서 음식을 만들고 아궁이에 불도 지펴야 했으므로 조왕신은 불의 신 또는 재물의 신으로 통했다. 이런 믿음은 부엌에 조왕신을 모시는 공간인 '조왕중발'(조왕단)을 두게 하였는데 보통 부뚜막에, 부뚜막에서도 가마솥 위쪽 벽에 두는 경우가 많았다. 물론 조왕중발 위에는 언제나 정성스럽게 정화수를 떠서 올려놓았다.

옛날에는 아침에 일어나면 가장 먼저 깨끗한 우물물을 길어 조왕중발에 올렸다. 최근까지 조왕신을 모셔 온 몇몇 사람들에 따르면 요즘에는 초하루나 보름 또는 특별한 날에 한 번씩 정화수를 떠 놓기도 한다. 즉 정화수를 조왕의 신체로 여기는 셈인데, 장독대에서 칠성님께 빌 때나, 집안에 액운이 있어 성주에게 빌 때도 성주상에 정화수를 떠 놓았다. 일부 지역에서는 부엌의 벽에 한지를 붙이거나 명태를 걸어 조왕의 신체를 꾸미기도 한다. 또 조왕의 신체를 모시는 조왕중발의 형태도 지역에 따라 약간씩 차이가 있다. 대부분 부뚜막의 가마솥 위에 정화수를 떠 놓을 수 있게 턱받이처럼 조왕중발을 두는 것이 보통이지만, 어떤 곳에서는 부뚜막 위에 선반을 두어 모시기도 하였다.

재미있는 사실은, 이 조왕신이 해마다 음력 동짓달 스무닷샛날(스무사흗날이라고도 함)이 되면 하늘로 올라가 1년 동안 집안에서 일어난 모든 일을 이야기하고 섣달그믐날(설날 아침이라고도 함)이 되어 제자리로 다시 돌아온다고 알려져 있다. 하여 옛날에는 조왕신이 올라가기 전날 밤이 되면 아궁이에 끈적끈적한 개엿을 발라 놓았다고 한다. 이렇게 하면 조왕신의 입이 달라붙어 설령 옥황상제에게 가더라도 아무 말도 전하지 못하니 액을 면할 수 있다는 것이었다.

사실 부엌이란 공간이 옛날에는 여성의 공간이었다는 점에서 조왕신도 여신으로 보았다. 조왕을 조왕 할매 또는 조왕 각시라 부르는 것도 그 때문이다. 하지만 아궁이와 부뚜막이 사라지고, 부엌이 주방으로 변모하면서 조왕신은 사람에게 버림받았고 더 이상 부엌 지킴이 노릇을 할 필요가 없게 되었다. 하긴 정화수 대신 소독약 냄새 진동하는 수돗물을 떠 놓고 조왕신을 모신들 조왕신이 좋아할 리도 없다.

마을 지킴이를 모시던 서낭당

구불구불 똬리 틀듯 휘어져 에돌아난 고샅길이 마을까지 이어져 있고, 마을 어귀에는 아름드리 당산나무가 제멋대로 뻗쳐올라 하늘 높이 가지를 드리우고 있다. 당산나무를 돌아 마을로 들어서면 옹기종기 모여 앉은 집들이 저마다 한 움큼씩 피워 올리는 저녁연기. 아버지의 담뱃대처럼 뻐끔뻐끔 쉼 없이 연기를 피우던 굴뚝들. 황혼이 내려앉은 어둑한 골목에는 밥 짓는 냄새가 자욱하게 깔렸다. 그 자욱한 밥 냄새를 헤치고 집 앞에 이르러 힘껏 어머니를 부르면, 금방이라도 삐걱, 부엌문이 열릴 것만 같은 아득한 추억의 고향!

아마도 고향을 떠올릴 때 가장 먼저 떠오르는 것이 있다면, 그리운 마을 어귀에 수염이 성성한 할아버지처럼 서 있던 당산나무일 것이다. 고향의 푸근함과 넉넉함, 마을의 신성성과 정서를 더해 주던 나무와 오면가면 사람들이 쌓아 놓은 돌탑과 서낭신을 모신 아담한 당집이 함께 있던 곳. 이곳을 통틀어 우리는 서낭당이라 불렀다. 옛날 사람들은 나무에 깃든 서낭신이 마을을 지켜 준다는 믿음을 가지고 있었기에 마을마다 이 서낭당이 없는 곳이 없었다. 서낭의 형태는 나무일 때도 있고, 돌탑(또는 선돌)일 때도 있고, 당집일 때도 있지만, 대부분 공통적으로 커다란 나무를 끼고 있었다. 그 나무는 느티나무이거나 소나무였고, 더러 회나무와 전나무를 당산나무로 삼는 경우도 있었다.

이런 서낭당은 바닷가 마을로 가면 해신당이 되고, 산간마을로 가면 산신당이 되었다. 산신당이나 서낭당 안에는 대부분 한지나 무명실을 걸어 놓아 서낭신의 신체를 삼았고, 해신당의 경우 나무로 깎은 남근을 걸어 놓기도 하였다. 사람들은 1년에 한 번씩 서낭당에 와서 마을 동제를 지냈는데, 이때는 가장 먼저 당산나무나 당집에 금줄을 쳐서 잡귀가 범접하지 못하도록 하였다. 서낭제는 무엇보다 마을 축제였던 만큼 돼지를 잡아 제사를 지냈으며 떡과 과일을 비롯한 푸짐한 음식들을 서낭신에게 대접하였다.

옛날 사람들은 하늘의 신이 커다란 나무를 타고 땅으로 내려온다고 믿었다. 당산나무가 마을의 수호신인 동시에 신이 강림하는 장소였던 셈이다. 대체로 당산나무는 그 마을에서 가장 크고 오래된 나무인데 그런 나무라야 하늘과 가까워 신이 내려오기도 쉽다고 여겼다. 단군신화에 나오는 신단수도 바로 하느님의 아들이 지상계로 내려온 장소였으며, 천상계와 지상계를 이어 주는 가교였다.

그러나 오래전, 정부의 미신타파 정책이 이뤄지면서 전국의 무수한 당집이 불태워졌고 이에 따라 서낭당 또한 급격히 그 자취를 감추었다. 당시 단양군 적성면 각기리 배마루에서는 이런 일도 있었다고 한다. 정부의 미신타파정책에 따라 마을의 4H 청년들이 주축이 되어 서낭당을 불태웠는데 그날 이후 마을에서는 서낭당 방화에 참여했던 청년들이 하나둘 죽어 나가더니 결국 당사자 모두가 이 세상을 떠나는 불상사가 일어났다고 한다. 우연 치고는 너무 희한한 일이 아닐 수 없다.

서낭당은 바닷가 마을로 가면 해신당이 되고,
산간마을로 가면 산신당이 되었다.
서낭당 안에는 대체로 한지나 무명실을 걸어 놓아
서낭신의 신체를 삼았고,
해신당의 경우 나무로 깎은 남근을 걸어 놓기도 하였다.

상여를 보관하던 곳집

대체로 당집이 마을 어귀에 있었다면, 곳집(상엿집)은 인적이 드문 마을의 외딴곳에 두는 경우가 많았다. 옛날에는 모두 망자의 마지막 가는 길에 상여를 태워 보냈는데, 곳집은 바로 그 상여를 보관하는 집이다. 살림이 넉넉한 집에서는 독상여라 하여 따로 상여를 두고 썼지만, 대부분은 마을 곳집에 공동상여를 보관하고 함께 사용하는 것이 보통이었다. 곳집은 상여와 장례용품을 보관하는 장소인 만큼 멋을 부리지 않고 흙돌 벽체로 창고처럼 단칸으로 짓는 경우가 많았으며 드물게 판자 벽체에 기와를 올린 곳집도 더러 볼 수 있다.

과거 마을에는 상여계가 따로 조직되어 있었는데 이는 상이 났을 때 상여를 꾸며주고 메는 일을 순번제로 하기 위함이었다. 일부 마을에서는 아예 곳집과 상여의 관리자인 '색쟁'(상여의 제작부터 관리, 운용까지 담당)을 따로 두기도 하였다. 상여는 규모에 따라 '큰 틀'과 '작은 틀'로 나뉘었는데 작은 틀은 상두꾼 열 명 안팎이 메고, 큰 틀은 스무 명 안팎의 상두꾼이 멜 크기였다.

장식에 따라 상여는 '용상여'(용여라고도 함)와 '지행상'으로 나뉘었다. 용상여는 말 그대로 용을 장식해 만든 큰 틀이었으며, 지행상은 종이로 소박하게 꾸민 작은 틀이었다. 흔히 말하는 꽃상여(종이꽃을 달아 치장한다)가 지행상이라 할 수 있으며 망자를 태웠던 관 덮개는 나중에 불에 태우는 게 일반적이었다. 보통 상여는 용마루, 운각, 난간을 만들어 집을 형상화했는데 절에서나 볼 수 있는 단청까지 꾸몄다. 요즘에는 대부분 병원 등의 장례식장에서 장례를 치르다 보니 상여의 쓰임도 영구차에 밀려 이제는 예전 같지가 않다.

이 아름다운
짐대와 벅수

전남 화순군 동복면 가수리는 내가 만난 짐대(솟대) 가운데 가장 아름다운 짐대가 있는 '짐대마을'이다. '가수리'는 검은 냇물이 흐른다는 뜻의 가무래라고 불리는데 상가마을은 윗가무래, 하가마을은 아랫가무래라고 부른다. 큰길에서 들어가면 아랫가무래의 동구에서 먼저 나무로 만든 벅수 두 기를 만나게 된다. 벅수는 장승의 또 다른 이름으로 법수라고도 한다. 나무로 만든 벅수는 세월이 흐르면 썩게 마련이므로 옛날에는 몇 년마다 새 벅수를 깎아 세우고, 그때마다 벅수제(장승제, 정월 대보름날에도 이곳에서 당산제를 지냈다)를 지냈다.

아랫가무래의 벅수는 각각 동방대장군, 서방대장군으로 불리는데 동쪽이 할아버지이고 서쪽이 할머니라고 한다. 지금의 벅수는 1995년, 나무 중 가장 오래간다는 밤나무를 깎아 만든 것이다. 다른 곳과 달리 이곳의 벅수는 마치 서로 마주보며 인사하듯 허리를 비스듬히 굽힌 모양이다. 이와 비슷한 모양의 나무 벅수가 과거에는 개천사 어귀에도 서 있었으나 지금은 그곳에 형체를 알아볼 수 없을 정도의 삭아버린 벅수 한 기만 겨우 남아 있을 뿐이다.

아랫가무래를 지나 윗가무래 동구에 이르면 길 양쪽에서 모두 다

섯 기의 짐대를 만나게 된다. 이 짐대의 역사는 약 200여 년 전으로 거슬러 올라간다. 옛날부터 마을의 지형이 화기를 피할 수 없는 모양에다가 실제로도 화재가 자주 발생해 짐대를 깎아 세웠더니 더 이상 화재가 발생하지 않았다고 한다. 본래 짐대나 벅수를 세우는 일은 마을의 풍요와 개인의 안녕을 빌기 위함이다. 그 유래가 어찌 되었든 이곳의 짐대는 내가 보아 온 짐대 중에서는 으뜸이라 할 만하다.

소나무 장대에 올려놓은 오리와 대나무를 쪼개 늘어뜨린 오리 날개 모두 솜씨와 멋이 느껴진다. 마을에서는 해마다 2월 초하루에 짐대제를 지내는데 이때 썩어서 쓰러진 짐대나 오래된 짐대를 버리고 새로 짐대를 깎아 세운다. 푸른 하늘을 배경으로 또는 붉게 물든 황혼을 배경으로 장대에 올라앉은 오리의 실루엣을 보고 있으면 자꾸만 마음에선 푸드덕거리며 날개 터는 소리가 들려온다. 귓가에 잔잔하게 하늘로 날아오르는 오리 울음소리도 들려온다.

정월 대보름 쥐불놀이와 달집태우기

횃불도 아닌 것이, 그렇다고 도깨비불은 더더욱 아닌 것이 파르스름한 보름 달빛을 가르며 빙빙 돌고 있다. 해마다 음력 정월 대보름 저녁이면 가끔 만날 수 있는 이 정체 모를 불빛은 다름 아닌 쥐불놀이(망월 돌리기)를 하는 광경이다. 그 옛날 아이들은 정월 대보름이 되면 못 쓰게 된 깡통(망우리)을 주워 양쪽 귀 끝에 철사를 꿰어 손잡이를 만들고, 깡통에 숭숭 불구멍을 내어 쥐불놀이 준비를 했다. 더불어 깡통에 불쏘시개로 넣을 관솔이며 솔방울도 한 아름 챙겨 두었다. "불장난 많이 하면 오줌 싸, 이놈들아!" 어른들의 말씀에도 아랑곳없이 저녁이 되면 아이들은 저마다 깡통을 들고 집을 나선다. 드디어 보름달이 떠오르고 휑했던 논배미나 개울가에는 아닌 밤중에 요란한 불 잔치가 펼쳐진다.

"망월이야! 망월이야!"

쥐불놀이에 이력이 난 아이들은 누가 멀리 가나, 쥐불 던지기도 하고, 누구 불이 큰가, 불 솜씨를 겨루기도 한다. 그러다 간혹 깡통에서 떨어진 불씨에 머리숱을 태우고, 심지어 논배미 짚가리도 태울지언정 한 번 시작한 쥐불놀이는 쉬이 끝날 줄 모른다. 형들이 능숙한 불 솜씨를 뽐내는 동안 쥐불놀이가 서툰 꼬마들은 언제나 깡통을 돌리는 일보다 눈물 찔끔거리며 후후, 불씨 살리는 일이 더 많다. 사실 형들처럼 불꼬리를 길게 하는 것도 다 경험이 필요한 법이

다. 어쨌든 밤이 이슥할 때까지 달빛 마당에는 깡통만 한 아이들의 작은 보름달이 여기저기 솟아올라 세상을 환하게 비추는 것이다.

정월 대보름, 아이들에게 쥐불놀이가 있다면 어른들에게는 쥐불놓이와 달집태우기가 있었다. 본래 쥐불놓이는 대보름 전날인 쥐날上子日에 논밭의 쥐와 해충을 태워 버리기 위해 짚풀을 널어 불을 놓는 풍습인데 지역에 따라 들불놓기, 논두렁태우기로도 불렸다. 단순히 풍년을 바라는 의식이기도 했지만, 이를 통해 잡귀와 액을 쫓아낸다는 사람들의 믿음 또한 있었다. 따라서 민간에서는 쥐불이 어느 정도 타는지를 보며 한 해 농사의 길흉을 점쳤고, 마을과 마을

이 서로의 길흉을 놓고 쥐불싸움을 벌이기도 하였다.

달집태우기도 가장 큰 대보름 마을축제였다. 마을마다 달집태우기를 하던 시절에는 대보름날이 되면 마을 장정들이 대나무와 솔가지를 한 짐씩 잘라 와 달이 잘 보이는 언덕이나 마을 공터에 달집을 만들었다. 일반적으로 달집은 대나무나 소나무 등으로 속기둥을 세운 뒤 기둥을 빙 둘러 장작과 짚, 생솔가지 등을 쌓아 올리고 맨 위에 다락방처럼 달방(달이 보이는 쪽으로 창문도 낸다)을 만든다. 지역에 따라 달방 안에 짚이나 새끼줄로 달을 만들어 매달기도 했다.

이 달집은 보름달이 막 떠오를 때 불을 붙이게 되는데, 금방 타버리는 것을 막기 위해 그 안에는 생나무를 가득 채웠다. 달집을 태울 때는 마을 사람들이 저마다 자신의 소원을 적은 쪽지를 매달아 함께 태웠으며 소원 대신 이름을 써넣기도 하였다. 이름을 태우면 액막이가 되고, 소원을 태우며 달님에게 빌면 소원이 이루어진다고 믿었다. 이렇듯 옛날에는 음력 정월 대보름날이 '불의 날'이나 다름없었다. 이날의 불은 엄동설한을 녹이고 환하게 봄을 맞이하자는 불이요, 모든 악귀와 병마를 몰아내자는 불이요, 그동안의 불온과 부정을 태워 버리자는 불이요, 집안과 자손이 저 불길처럼 일어나라고 기원하는 소망의 불이었다.

옛 당산제의 원형을 이어 오는 곳

부안에는 아직도 옛 당산제의 원형을 지켜 오는 마을이 있다. 그중에서도 가장 유명한 곳이 우동리와 돌모산이다. 부안읍 내요리에 있는 돌모산 당산은 당산 그 자체로만 본다면 부안에서 으뜸으로 꼽을 수 있다. 그만큼 돌모산 당산이 그 모양과 민속적인 의미가 크다는 이야기다. 이곳의 당산은 석조신간 위에 돌로 깎은 오리를 얹어 놓은 돌솟대 당산이며, 이런 형태는 돌모산 말고도 부안 곳곳에서 만날 수 있는 가장 전형적인 당산 모양이라 할 수 있다.

짐대당산 또는 짐대할머니라고도 하는 이 당산은 신간과 오리가 모두 화강암 재질로 되어 있으며 신간의 높이는 2.5미터에 밑 둘레가 75센티미터이고, 40센티미터 정도 되는 오리가 신간 꼭대기에 앉아 서북쪽을 바라보고 있다. 내요리라는 마을의 땅은 마치 배가 떠 있는 모양(행주형)인데 배가 가벼우면 쉽게 파선할 수 있으므로 이를 막기 위해 무거운 돌기둥을 꽂아 무겁게 하고자 이곳에 돌솟대를 세웠다고 한다.

돌모산 당산제는 음력 정월 보름에 지내는데, 그 첫 순서는 용줄꼬기로부터 시작된다. 당산제에 쓰일 용줄은 미리 꼬아 놓은 세 가닥의 줄을 나무에 걸어 놓고, 세 명이 각자 줄 하나씩을 잡아 서로 엇갈리며 빙빙 돌아 마치 머리를 땋아 내리듯 줄을 꼬는데, 그 두께가 상상 이상으로 두꺼워서 웬만한 통나무의 두께와 맞먹는다. 용줄꼬기가 끝나면 남자 편, 여자 편으로 나뉘어 줄다리기에 들어간다. 당연히 여자 편이 이겨야 마을의 평안과 풍요를 가져다 준다는 믿음은 다른 마을과 다를 바 없다.

돌모산 당산제의 절정은 역시 용줄돌기다. 용줄이 크고 길다 보니 이곳에서는 마을 사람들뿐만 아니라 구경을 온 외지의 구경꾼들까지 모두 용줄에 매달린다. 하지만 마을의 청장년들은 용줄을 깔고 주저앉거나 엉뚱한 방향으로 끌고 가는 등 장난을 친다. 저녁이 되어야 제를 지내는 까닭에 그때까지 시간을 끌기 위한 행동이다.

용줄이 당산에 이르면 당산 옷 입히기(짐대할머니 옷 입히기)를 하고 제사를 지내는데, 이곳의 제사는 그 격식과 시간이 다른 마을에 비해 엄격한 편이어서 꽤나 오랜 시간이 걸린다. 하여 보름달이 중천에 떠오를 때쯤에야 당산제가 끝이 나는 것이다.

우동리에서는 마을 들머리에 서 있는 300여 년 수령의 팽나무를 당산나무로 모시고 있다. 특이한 것은 나무 밑동에 약 2.5미터 정도 높이의 선돌이 박혀 있다는 점이다. 본래 나무 바로 앞에 세워 놓았던 선돌이 느티나무가 자라면서 나무속으로 파고든 것이다. 이 선돌이 박힌 당산나무 옆에는 약 7미터 높이의 솟대가 있어 당산제를 지낼 때면 이곳에 용줄을 감아 놓게 된다.

음력 정월 보름날 아침부터 우동리에는 풍물패의 풍물 치는 소리로 시끌벅적하다. 주변에 꽤나 알려진 당산제인 만큼 바깥에서 온 구경꾼들도 꽤 여럿이다. 우동리 당산의 특징은 당산나무와 선돌, 솟대가 한자리에 모인 복합 당산 형태를 띤다는 점이다. 당산나무와 선돌이 마을의 풍요와 풍년, 다산을 비는 상징물이라면, 솟대는 풍수상 취약한 곳을 보완해 주는 상징물이라 할 수 있다. 우동리 또한 땅이 배 모양이어서 돛대처럼 솟대를 세우게 되었다고 한다.

우동리 당산제(2년에 한 번씩)의 용줄은 돌모산에 비해 가는 편이다. 보름날 아침이 되면 우동리에서는 솟대를 세우고, 제를 지낸다. 제사가 끝나면 용줄돌기와 줄다리기가 이어지는데, 이곳의 용줄돌기는 돌모산과 달리 장난 없이 일찍 끝나는 편이다. 우동리 당산제의 절정은 줄다리기다. 암줄에는 결혼하지 않은 남성과 여성이, 숫줄에는 결혼한 남성들이 매달린다. 또 암줄에는 신부화장을 한 젊은 총각이 '고'에 오르고, 숫줄에는 기러기를 든 신랑이 오른다.

줄다리기의 승부는 볼 것도 없이 암줄의 승리로 끝나게 마련이다. 외지에서 구경 온 사람들조차 언제나 암줄에 매달리기 때문이다. 줄다리기가 끝나고 나면 당산 옷 입히기로 들어간다. 옛날에는 당산나무에 옷을 입혔으나 최근에는 솟대에 옷을 입히는 것이 관례가 되었다. 이 옷 입히기 과정 또한 많은 사람들을 필요로 한다. 한 사람이 위에서 용줄을 밟고, 몇몇 사람들은 차곡차곡 용줄을 쌓고, 다른 사람들은 모두 용줄을 들고 솟대 주위를 빙빙 돈다. 용줄 감기가 끝나면 일단 축제는 마무리되지만, 마을 사람들과 구경꾼들이 어우러진 뒤풀이는 저녁까지 계속된다.

풍어를 비는
선구 줄끗기 놀이

정월 대보름, 남해 선구마을에서는 줄끗기 놀이가 한창이다. 놀이에 앞서 한복을 입은 여성들과 어르신들은 마늘밭 양지에 쪼그려 앉아 해바라기를 하고 있다. 줄끗기 놀이는 선구마을 뒷산 당산나무에서 고사를 지내는 것으로 시작된다. 당산제가 끝나면 밥무덤에 제례 음식을 묻고, 고싸움에 나설 숫줄(북쪽)을 메고 마을로 내려간다. 이 모습이 실로 장관이다. 마을에 도착하면 이미 다른 당산에서 고사를 지낸 뒤 대기하고 있던 암줄(남쪽)이 포구 앞 해변에서 숫줄과 만나 어우러진다.

이렇게 만난 숫줄과 암줄은 해변 자갈밭에서 한바탕 고싸움을 한

줄끗기 놀이에서는 북쪽이 이기면 풍년이 들고,
남쪽이 이기면 풍어가 든다고 하는데,
선구마을이 어촌이다 보니 남쪽이 이겨야 하는 건
기정사실이다(오른쪽).

줄끗기 놀이에 앞서 한복을 입은 여성들과 어르신들이
마늘밭 양지에 쪼그려 앉아 해바라기를 하고 있다(아래).

다. 고싸움이 끝나면 줄다리기를 하는데, 이때 고와 고 사이에 비녀목을 끼워 남북(암수)이 서로 자리를 옮겨 가며 줄을 당긴다. 여기서 북쪽이 이기면 풍년이 들고, 남쪽이 이기면 풍어가 든다고 하는데 선구마을이 어촌이다 보니 남쪽이 이겨야 하는 건 기정사실이다.

이 선구마을 줄끗기(줄다리기의 의미)에 참여하는 마을 사람들은 생각보다 훨씬 많아서 줄을 메고 당기는 사람만도 양쪽이 모두 100여 명이 넘고, 마을의 참여자와 외지의 구경꾼까지 합하면 수백여 명에 이른다. 이웃의 여러 마을에서도 함께 참여하기 때문이다. 줄다리기가 끝나면 곧바로 달집태우기에 들어간다. 풍물패는 달집이 다 사그라들 때까지 달집 주위를 돌며 풍물을 친다. 사람들도 너나없이 어울려 춤을 추고 노래한다.

지금껏 이토록 신명나고 자발적인 마을 축제를 본 적이 없다. 축제가 모두 끝나면 해변에는 작은 잔칫상이 차려진다. 삼삼오오 그냥 자갈밭에 모여 술과 음식을 나눠 먹는다. 외지에서 온 사람들도 너나없이 술 한 잔에 떡과 고기와 생선으로 배를 채운다. 찬 바닷바람을 맞으며 수백 명이 다함께 둘러앉아 보름 음식을 먹는 풍경은 줄끗기 놀이만큼이나 장관이라 할 수 있다.

조기파시의 유산,
연평도 풍어제

날이 밝으면 풍물패가 모여 풍물을 치며 연평도 풍어제의 시작을 알린다. 그러고는 어민회 깃발을 들고 임경업 장군당에 오른다. 당에 이르면 만신은 장군 앞에 상을 차려 복을 빌고, 선주들을 위해 축원고사를 지낸다. 이어 연평도 어민회를 비롯한 여러 선주들이 돌아가며 장군에게 술과 향을 올리고 절을 하며 풍어와 안녕을 빈다. 당 안에서의 제례가 다 끝나면 당 앞마당에서 풍물패가 풍물을 치고 춤을 추며 배치기 노래를 부른다. "돈 실러 가세 돈 실러 가세/연평바다로 돈 실러 가세/에-에헤야 에헤 에-에헤 에-에헤 에헤 에헤 어하요(후렴)/연평바다에 널린 조기/양주만 냉기고 다 잡아 들이자."

JRC

어느 정도 흥을 돋우면 만신은 마당으로 나와 사슬세우기를 한다. 사슬세우기란 삼지창 양쪽에 각각 돼지 갈빗살을 꽂고 가운데 돼지머리를 꽂은 뒤 신을 불러 사슬을 세우는 굿거리를 말하는데 이때 삼지창 밑바닥에는 소금그릇을 받친다. 사슬이 균형을 이뤄 잘 서야 그해의 풍어운도 좋은 것이다. 이어 장군당 문 앞에 세워 두었던 어민회 깃발을 당 안으로 들이밀어 풍어가 깃들도록 축원을 한다. 이제 풍물패가 축원을 받은 깃발을 들고 마을로 내려가면 선주들도 모두 당 밖에 세워 둔 뱃기를 들고 내려가 집 앞에 건다.

풍물패가 어민회 깃발을 앞세우고 마을을 한 바퀴 돌고 나면 미리 만들어 놓은 띠배를 데리고 포구로 향한다. 이어서 띠배를 배에 옮겨 싣고 무녀들과 풍물패가 올라타면 마지막으로 뱃고사를 지낸다. 배 앞머리에 용왕신에게 바치는 음식을 차려 놓고 풍어와 해상의 안전을 비는 것이다.

뱃고사를 지내는 동안 배는 포구를 떠나 바다로 나아가는데 선주들과 풍물패는 파도에도 아랑곳없이 배 위에서 신명난 놀이판을 펼친다. 드디어 흥이 절정에 이를 때쯤 둥그렇게 만든 띠배를 띄운다. 띠배를 띄울 때는 먼저 작은 삿대처럼 만든 불쏘시개에 불을 붙여 배를 한 바퀴 돈다. 배 위의 부정한 기운을 태우는 것이다. 그런 다음 띠배를 바다에 내려 돛대처럼 솟은 그 위에 뱃고사 음식을 싣고 술을 따른 뒤 불쏘시개로 불을 붙여 바다에 띄워 보낸다. 이것으로 풍어제는 다 끝나지만 연평도에서는 또 하나의 의식이 남아 있다. 마지막으로 연평도와 연평도 바다를 지켜주는 해군 전함을 방문해 뱃고사 음식을 전달하는 것이다.

조기파시가 한창이었던 1960년대 초까지만 해도 연평도의 풍어제는 한 달씩 굿판을 펼치는 대동굿을 열 정도로 큰 판이었다. 소도 몇 마리씩 잡고, 소연평과 대연평 주민들이 모두 참여해 장군당에 올라 풍어를 빌었다. 그때에 비하면 지금의 풍어제는 약식으로 지내는 셈이다. 연평도는 1968년까지 우리나라 최대의 조기파시가 열리던 '파시의 수도'나 다름없었다. 당시 연평도에는 조기를 쫒는 어부들과 어부를 쫒는 객주와 색시들이 몰려들어 그야말로 왁자하고 발 들일 틈 없이 성대한 파시를 이루었다. 그때는 대연평뿐만 아니라 소연평 앞바다까지 배가 빼곡하게 떠서 그 위로만 걸어 소연평까지 닿을 정도였다고 한다. 전국의 조기를 잡던 어부들은 연평도를 흔히 서울 다음이라 했다. 그만큼 연평도가 번창했고, 조기파시가 성황을 이루었다는 애기다.

'똥개도 돈을 물고 다닌다'는 말도 연평도에서 나왔다. "하이고, 그때는 왜, 뱃사람들이 해변에 내리잖아, 그래 급할 때는 해변에서 똥을 누는데 종이는 없고 대신 돈으로 뒤를 닦고 버렸거든. 그러니 여기 개들이 그 돈을 물고 다닌 거야. 그때는 남한 일대 조깃배는 다 왔어요. 오죽하면 사흘 조금 벌어서 1년 먹고 산다는 말도 있었어. 그때 보면 수협 앞에 돈을 넣은 마대자루가 산더미처럼 쌓여 있었어. 그러니 조기 잡는 어부들이 여기를 작은 서울이라 불렀지. 조기파시 시절 조기 어망이 떠오를 때 보면 온통 황금빛이야. 줄을 잡아 올리면 금이 반짝반짝하는 것처럼 조기비늘에서 금빛이 났으니까." 인천에서 시집와 40년 넘게 연평도에서 살았다는 이기숙 씨의 말이다.

아시아 최고의 풍어제,
위도 띠뱃놀이

여느 풍어제가 정월 대보름에 열리는 것에 비해 위도 띠뱃놀이는 음력 정월 초사흗날에 열린다. 띠뱃놀이의 차례는 원당굿, 주산돌기, 용왕제, 띠배띄우기의 순으로 진행된다. 원화장과 부화장이 지게에 제물을 짊어지고 원당굿을 향해 앞장서면 그 뒤를 당골네(무당)와 화주, 선주들과 농악대가 장고와 쇠를 치며 뒤따른다. 이어 오방기와 뱃기를 든 사람들이 차례로 뒤따라 나선다. 원당이 있는 산꼭대기까지는 몇 번이나 다리쉼을 해야 할 정도로 제법 가파른 비탈길이 계속된다.

원당에 이르면 띠뱃놀이 전수자의 축문외기와 당골의 축수로 원당굿이 시작된다. 당 안에는 모두 일곱 신상을 모셔 두었는데, 각각의 모습은 산신상, 원당 마누라상, 본당 마누라상, 옥적 부인상, 아가씨상, 수문장상, 장군선왕상이다. 원당굿은 본래 일곱 석으로 이루어져 있으며 한 석이 끝날 때마다 사람들은 흥겹게 풍물을 치고 춤을 추며 술판을 벌인다. 당굿의 절정은 선주굿으로 선주들을 한 명씩 불러 축원을 빌어 준다. 이렇게 일곱 석의 굿이 끝나면 다시 원화장을 앞세워 마을로 내려온다. 몇 년 전까지만 해도 원화장이 원당에서 내려올 때면 산 위에서부터 뒹굴면서 내려왔다고 하는데, 가파른 비탈길에서 뒹굴었어도 이제껏 단 한 명 다친 사람이 없었다고 한다. 이를 두고 마을 사람들은 신이 시키는 일이라 여기고 있다.

이제 남은 건 용왕굿과 띠배띄우기이다. 선착장에는 이미 띠배가 만들어져 용왕굿(용왕제)판을 지키고 있다. 이 띠배는 원당에서 굿이 벌어지는 동안 마을에 남은 사람들이 모여 만드는데, 보통 길이는 3미터, 너비가 2미터 정도 된다. 띠배에는 반드시 다섯 개 혹은 그 이상의 허수아비를 만들어 태우는데 이는 선원 또는 시종을 뜻하는 것으로 용왕신을 달래는 의미가 있다. 또한 이 허수아비들은 각각 동서남북의 방위신과 중앙신을 뜻하기도 하는데, 각각의 허수아비에는 '동방청룡장군', '남방주작장군', '중앙황제장군', '서방백호장군', '북방현무장군'이라 쓴 깃발이 달려 있다.

용왕제는 무당이 먼저 바다를 향해 절을 하면 마을 사람들이 따라서 일제히 절을 하는 것으로 시작된다. 그리고 한동안 무당의 사설과 춤이 이어진다. 용왕굿이 끝나면 용왕에게 바칠 회식밥을 바다에 던지는 의식이 열리는데, 이때 뒤따르는 사람들은 메김소리에 맞춰 흥겨운 '가래질 소리'를 따라 부른다. "어낭청 가래야, 이 가래는 뉘 가랜가, 김첨지네 가래라네, 어낭청 가래야, 황금 같은 내 조기야, 어디 갔다 인제 왔나, 어낭청 가래야."

위도 띠뱃놀이의 절정은 역시 띠배띄우기다. 모선이 띠배를 매어 선착장을 출발하자 뒤따라 종선이 따라붙는다. 모선이 띠배를 끌고 가는 동안 배 위에서는 계속해서 풍물판이 벌어진다. 드디어 먼 바다에 이르러 모선은 마을 사람들의 소원과 기원을 담은 띠배의 끈을 풀어 버린다. 띠배는 출렁출렁 저 혼자 먼 바다로 떠 간다. 이로써 하루 종일 이어진 띠뱃놀이는 대단원의 막을 내린다.

위도 띠뱃놀이가 소중한 것은 오랜 옛날부터 전해오는 풍어제의 원형이 제대로 남아 있기 때문이다. 이런 이유로 위도 띠뱃놀이는 〈1985년 중요무형문화재 제82호〉로 지정되어 오늘에 이르고 있다. 내가 처음 띠뱃놀이를 취재하러 갔을 때 영국의 케임브리지대학 인류학과 박사과정에 있는 한 대학원생을 만난 적이 있는데, 그는 '동아시아 풍어제'를 주제로 한 논문을 쓰기 위해 영국에서 위도까지 왔다고 했다. 전수관에서 나와 한 방에서 밤을 보내기도 한 그는, 1박 2일 동안 위도 띠뱃놀이의 전 장면을 캠코더에 담으며 매 순간 감격스러워했다. 그에 따르면, 영국을 비롯한 유럽 대학의 인류학과에서는 위도 띠뱃놀이가 아시아 최고의 풍어제로 알려져 있다는 것이다. 정작 우리나라에서는 모르는 사람이 더 많은 위도 띠뱃놀이가 외국에서는 도리어 '최고의 풍어제'로 알려져 있는 것이다.

당신상을
아시나요?

제주도에는 다양한 돌문화가 있지만, 당신상堂神像에 대해선 생소한 분들이 많을 것이다. 당신상은 과거 해신당이나 할망당에 모시던 무속적인 석상을 일컫는다. 돌하르방이 주로 성과 마을을 지키는 수호신 노릇을 했다면, 당신상은 사람들의 질병을 다스리고, 무사안녕을 기원하는 주술적이고 종교적인 기능을 담당했다. 돌하르방은 열이면 열 왕방울 눈에 커다란 주먹코, 벙거지 모자를 쓰고 있지만, 당신상은 백이면 백, 그 모양과 크기와 표정이 모두 다르다. 어떤 것은 금실 좋은 부부의 모습을 새겨 놓은 듯하고, 어떤 것은 천진난만한 어린아이의 형상을 띠고 있다. 또 해학적인 달마의 모습을 한 신상도 있으며 마치 도깨비처럼 순진해 보이는 신상과 눈을 부릅뜬 외눈박이 신상도 만날 수 있다.

사실 이 당신상이 품고 있는 의미 또한 여러 가지여서 어떤 것은 부스럼이나 종기 같은 아이들의 질병 치료를(화북동 윤동지 영감, 봉개동 뒷솔할망, 화북동 베릿내 일레할망), 또 어떤 것은 맑고 찬 샘물이 마르지 않기를(제주시 이도동 물할망), 나아가 개인의 행운과 마을의 평안(인성리 방사탑에 모신 당신상) 그리고 풍년과 풍어는 물론 건강과 재물을 기원하는 의미(화천사 당신상)까지 있다. 마치 사람들이 무당의 굿을 통해 기원하던 내용들이 이들 석상에 고스란히 깃들어 있는 셈이다. 이 의미심장한 당신상을 보기 위해 나는 여러 번 무신궁巫神宮을 찾은 적이 있다.

현재 제주도에는 섬 전체에 160위가 넘는 당신상이 남아 있는데 그중 143위가 무신궁에 모셔져 있다. 당신상을 모신 제주 무신궁은 '신들의 궁전'이라 할 만한데, 최근까지 이곳에서 당신상을 앞에 두고 큰굿이 열리곤 했다. 자세히 보면, 당신상은 빛이 비추는 방향에 따라 돌에 새겨진 얼굴의 윤곽이 달라지고 표정이 바뀐다. 또한 당신상의 모델은 그저 우리 주변에서 만날 수 있는 친근한 이웃의 얼굴들이다. 천진한 아이부터 누이, 오빠, 어머니, 아버지, 할머니, 할아버지, 이웃집 아저씨, 아주머니가 여기 다 모여 있다. 그래서 신상을 부르는 이름도 예를 들면 '아무개 할망', '아무개 영감'이다.

과거 제주도에는 '절 오백 당 오백'이라 할 만큼 절과 당이 많았다. 그러나 그 많던 절과 당은 오늘날 상당수가 사라져 버렸다. 특히 당집은 미신이라는 이유로 현대에 이르러 많은 시달림을 받았다. 제주에서는 무당을 가리켜 '심방'이라 부르는데 이들 또한 시달림을 피해갈 수 없었다. 더욱이 〈4·3항쟁〉 때 수많은 마을이 불타면서 당집도 고스란히 피해를 입었다. 사실 뭍과 뚝 떨어진 섬에서 무속은 그들이 믿고 의지해 온 유일한 종교였다. 무속이 온갖 시달림 속에서도 그나마 제주에서 명맥을 유지해 올 수 있었던 것은 바로 그런 민초의 뿌리 깊은 믿음 때문이다.

회천동에 있는 화천사에도 멋진 당신상이 남아 있다. 여기에는 석불(60~70센티미터)이라고 부르는 당신상이 모두 다섯 분이나 된다. 이곳의 당신상 가운데 어떤 것은 언젠가 TV에서 보았던 이스트 섬의 모아이 석상과도 흡사하다. 마을 사람들에 따르면 화천사의 당신상은 옛날에 있던 절집이 소실되기 이전부터 있어 왔다고 한다. 최소한 300년이 넘었다는 것이다.

제주도에 남아 있는 당신상은 일부러 기교를 부리지 않고도 신상의 모습을 매혹적으로 표현해 놓았다. 그저 있는 돌에 윤곽선만을 새겨 얼굴을 그려 냈고, 얼굴 부분을 제외한 몸뚱이는 그대로 현무암의 거친 질감을 살려 자연미를 드러냈다. 이것은 돌하르방처럼 과장되지도 않았고, 장승처럼 무서운 모습도 아니다. 그저 옆집 할망의 인자한 모습이요, 뒷집 아이의 천진한 얼굴이다. 숭배와 경외의 대상이기에 앞서 친근하고 천진하며 해학적이어서 누구라도 편하게 다가가 이야기를 털어놓아도 좋을 듯한 얼굴! 바로 우리의 모습인 것이다.

사라져 가는
풍장형 가묘,
초분

인도와 티베트에는 아직도 조장鳥葬풍습이 전해 오고 있다. 이들은 사람이 죽으면 새가 사람의 영혼을 물고 하늘로 올라간다고 여겼다. 조장을 비롯해 사람의 주검을 동물에게 맡기거나 그냥 나뭇가지에 걸어 놓는 장법은 모두 풍장風葬의식으로, 과거 우리나라에도 '덕장'이라는 비슷한 장법이 존재했었다. 덕장이란 가마니에 주검을 싸서 나무에 걸어 놓았다가 나중에 뼈만 다시 추려 매장하던 장법이다. 이와는 약간 다르지만, 초분이라는 것도 풍장의식과 비슷한 절차를 따랐다.

초분은 주검을 묘지에 묻기 전에 대발쌈(대나무로 이엉을 엮은 관)에 넣어 우선 땅 위에 안치한 뒤 짚으로 이엉을 덮어 비바람을 가린 임시 무덤을 일컫는다. 이것의 높이는 대체로 약 1.2~1.5미터 정도에 길이가 2~2.5미터 정도, 폭이 1미터가 조금 넘는 크기이다. 청산도에서는 초분 주위에 나뭇가지로 사방 담장을 쳐놓기도 했다.

주검이 다 썩은 후에는 뼈만 추려 다시 묘지에 이장을 하게 된다. 하지만 선산을 가지지 못했거나 이장할 비용을 마련하지 못한 경우

에는 10년이고, 20년이고 마냥 초분을 유지하는 경우가 많았다. 보통 초분을 하면 1년 정도가 지나야 완전히 주검이 썩는다고 한다. 주검이 완전히 썩은 뒤라야 파묘를 하게 되는데, 대개 2~3년 정도 초분에 모신 뒤 이장을 하는 것이 상례였다. 어떤 이는 초분을 비위생적인 장법으로 보기도 하지만 신안군을 비롯한 도서지역에서는 초분을 하는 것이 조상에 대한 가장 극진한 효성이며, 예의였다. 부모나 친지가 돌아가셨다고 하여 곧바로 무덤을 쓰는 것은 오히려 매정하고 야박한 장례로 보았다.

과거 1980년대까지 초분은 서남해 여러 섬 지역에 꽤 많이 분포하고 있었으나 1980년대 말부터 급격히 사라지기 시작했다. 관청에서 초분을 비위생적인 장법으로 규정했기 때문이다. 따라서 초분이란 것이 이제는 좀처럼 만나기 어려운 희귀한 유물이 되어 버렸다. 과거 초분이 많았던 도초도, 증도, 송이도, 청산도의 경우도 마찬가지다.

유독 섬 지역에서 초분을 많이 모셨던 현실적인 까닭은, 옛날 대부분의 남자들이 고기잡이를 나갔다가 갑자기 상을 당하는 경우 상주가 없는 관계로 임시 무덤인 초분으로 대신했기 때문이다. 고기잡이를 나갔던 자식이 돌아와 부모의 주검을 볼 기회를 주기 위한 셈이었다. 어쨌든 초분을 해야만 하는 이러저러한 이유도 시대가 바뀌면서 이제는 별로 설득력을 지니지 못하게 되었다.

그냥 초분이 아니라 '앉은 초분'

오래전 송이도를 여행한 적이 있다. 마을을 한 바퀴 둘러보는 데는 고작 15분 안팎이면 끝이 나는 작은 섬. 내가 아는 한 송이도는 최근까지 우리 땅에서 가장 많은 초분이 남아 있는 섬이었다. 그리고 무엇보다 이곳에선 '앉은 초분'을 만날 수 있었다. 앉은 초분이라고? 말 그대로 초분이 앉아 있는 것이라 보면 맞다. 앉은 초분은 일반적인 초분에서 유골을 거두어 마치 가부좌를 튼, 앉은 사람 모양으로 뼈를 앉히고 그 위에 다시 짚으로 이엉을 덮어 놓은 것을 말한다.

일반적인 초분이 기다란 모양을 유지하고 있는 반면 앉은 초분은

작은 짚가리를 옮겨 놓은 것처럼 위로 봉긋하게 솟아오른 모습이다. 모양으로만 보면 원추형 짚가리처럼 생겼는데, 높이는 약 1미터 정도이며 누운 초분과 마찬가지로 아랫자락에 돌멩이를 매달아 놓았다. 사실 앉은 초분은 이미 오래전에 이 땅에서 사라진 것으로 민속학계에서도 그것에 대한 보고가 거의 없었다. 이제는 거의 사라진 앉은 초분의 전통을 지금껏 지켜 온 것만으로도 송이도는 정말 고귀한 섬이라 할 수 있다.

마을에서 만난 김전용 씨에 따르면 송이도에는 최근까지 10여 기가 넘는 초분이 남아 있었다고 한다. 그가 일러준 방향을 따라 마을 뒷산에 오르자 길 양편으로 옹기종기 초분이 모여 있었다. 이곳의 초분은 도초도를 비롯한 여느 섬과 그 모양이나 크기는 다를 바가 없었지만, 짚이엉 위에 그물을 덮어 놓은 것이 달랐다. 바람에 짚이엉이 날려가거나 짐승이 와서 파헤치는 것을 막기 위해서다.

용마루처럼 생긴 초분의 등짝에는 군데군데 소나무 가지가 꽂혀 있었고, 아랫자락에는 짚이엉이 날아가지 않도록 새끼줄을 매단 돌멩이가 달려 있었다. 이는 도초도를 비롯해 송이도와 청산도 등에 있는 모든 초분에서 공통적으로 볼 수 있는 모습이다. 이 초분 무리에서 벗어나 선착장 오른편 언덕과 해안도로가 끝나는 야산 쪽으로 올라가면 이 땅에서 유일하다시피 한 '앉은 초분'을 만날 수 있다.

산 깊숙한 곳에 은밀하게 숨어 있는 앉은 초분. 가만히 그리고 조심스럽게 나는 그것을 쓰다듬어 보았다.